石を巡り、石を考える

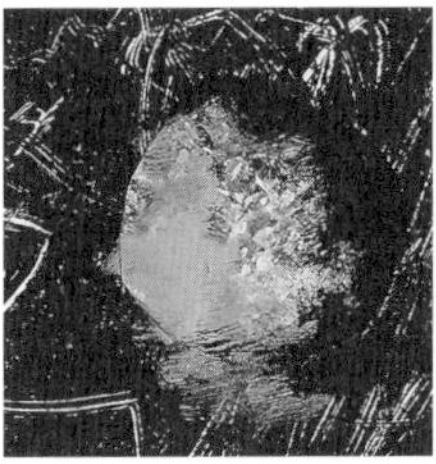

Oshima Hitoshi
大嶋 仁

石風社

装幀——毛利一枝
装画——堀本玲子（「夜話」）

石を巡り、石を考える

◉目次

II 石を考える

プロローグ

実験的な映画で知られる松本俊夫に、「詩としての映像　石の詩」という白黒作品がある。二五分程度のテレビドキュメンタリーで、一九六三年、東京放送局すなわちＴＢＳで放映された。一九六三年といえば、フジテレビ系で日本最初のテレビアニメ「鉄腕アトム」が登場した年である。ＮＨＫ大河ドラマもこの年に始まった。大手の出版社による女性週刊誌の売れ行きもよく、スーパー・マーケットの出現で生活スタイルが一変したという。

そうした中に「石の詩」を置いてみると、手法の斬新さもさることながら、芸術性とメッセージ性に富んだこんな作品が、アート・シアターならともかく、テレビ画面に登場したことに驚きを感じる。あの時代は、まだ文化に対する尊敬があったのだ。

制作はＴＢＳとなっているが、実際にドキュメンタリーを作ったのは松本俊夫とアーネスト・サトウである。松本は短編映画も劇映画も作ったが、とくに実験的な作品で名をなした。一方のアーネスト・サトウは、幕末から明治にかけて駐日公使として日本に滞在した英人サトウとは別人で、アメリカで活躍した日本人カメラマンである。

そのサトウ（本名は佐藤善夫）がライフ誌の特派員として日本に送られ、四国の庵治《あじ》村にたどりつき、山から切り出した石と闘う人々の写真を撮った。その写真群を、松本が思い切った形でモンタージュ編集してドキュメンタリーにしたのである。それがテレビ画面に登場した「石の詩」である。

庵治村の石材は庵治石と呼ばれ、現在でも最高級の石材とされている。サトウはこの石の採石から運搬までの全過程をカメラに収めた。すなわち、採石される山の岩肌から採石、研磨、石置き場と追い、そのあと石工たちに焦点を当て、ノミを打つところや、石工の妻たちの石磨きなど、克明に描き出した。正統リアリズムといえる写真群なのだが、大胆な角度から撮ったものもあり、ときに前衛性が現れもする。

前衛性といえば、もちろん編集の松本の本領である。たとえば、石工たちの真剣な石材づくりの画像の後に、積まれた石材の織りなす抽象的な模様や、海辺に置かれたオブジェのような石の写真。白と黒のたった二色の、現代美術の無愛想なほどの登場なのである。サトウは現実の中に抽象絵画を見つけるのが得意な写真家であったから、それを松本が生かしたと言ってよいだろう。

全篇にナレーションがつくが、印象に残るのは、石工たちが石にノミを打ち込む時「殺す」という表現を用い、出来上がるのを「生かす」と言っていることである。焼物師が山から土を持って来てそれを捏ねて形を作り、窯で焚くことを「土を殺す」といい、窯から出て作品となったときに「土を生かした」と言う話を聞いたことがある。同じ発想だ。

ナレーションを構築したのは、なんと、この庵治村近くにアトリエを構えていた彫刻家の流正之《ながれまさゆき》である。流は石の彫刻だけでなく、言語の彫刻にも秀でていたのだ。

その流であるが、一時期ニューヨークにいたので、そこで写真家サトウと知り合った可能性がある。自分のいる庵治村に来て、是非ともそこの石と石工たちの写真を撮ってくれ、とサトウに頼んだのだろう。でなければ、わざわざアメリカから、四国の片田舎といってもよいところにまで来る理由が見つからない。

画面には、石工たちの石と取り組む真剣な顔がいくつも現れる。しかし、それ以上に印象に残るのは、石そのものの顔である。その素顔が石工たちの手で変形されていく様が視る者の眼底に残る。この作品は石と人間ののっぴきならない関係を描いたもの、そう言ってよいと思う。

タイトルの「石の詩」は、石についての人間の詩想ともとれるが、作品の内容からすると、石は石工によってはじめて詩となるということのように思える。石工たちは石に従い、石を生かすことで石が詩になる。

この奥深い思想は、映画作家松本よりも、むしろ「言葉」を担当した彫刻家流正之のものかも知れない。流は、自らを、ひとりの石工と見なしていたのだろう。

作品の冒頭に現れる黒板に白墨で書いたような文章は、簡潔にして要を得ている。これも流の言葉であろう。全文を引く。

瀬戸内海にのぞむ四国庵治《あじ》村
この村には日本で最も硬く美しいといわれる御影石
庵治石の山々がある
その山のふもとには三百有余年の間
この庵治石を守りつづけてきた
千数百人の石工たちの姿が見られる
彼等はノミの音に包まれながら生まれ
石を磨く母親の手によって
石置き場の中で育てられてきた
やがては年老いて自らの石の墓を作り
その下にねむってゆく

最後になったが、この映画にアクセントをつけているのは当代一の前衛音楽家・秋山邦春である。現代音楽の解説者でもあり、批評家でもあった秋山は、サトウの写真、松本の編集に対し、思い切り自分の音楽をぶつけている。それほどに挑戦的な音響である。

それにしても、当時の超一流を集結させたこのドキュメンタリー、贅沢な試みだった。彼らの名を知る人は今や多くはないだろうが、それでも彼らはまだ化石になってはいない。

松山とサトウと秋山と流の格闘するこの芸術作品が優れているのは、この三人が出しゃばりすぎず、石に歌わせていることによる。ユーチューブでも見ることができるこの作品、ぜひとも見ていただきたい。

石を巡り、石を考える

Ⅰ　石を巡る

クスコの石

1 ペルー

スペインに征服される前、現在のペルーはインカ帝国であった。インカとはケチュア語で「首長」を意味し、彼らにとって首長とは太陽神の子という意味だった。太陽神を崇拝し、その地上の代表を首長（＝インカ）として敬う。アマテラスをいただく天皇制と似ていなくはない。

かつて私はペルーの首都リマの大学で教師を勤めたことがある。日本文学と日本思想史を教える仕事で、二年ほど過ごした。そこで見たものは今も忘れられない。一九八〇年代前半、今から四〇年前のことである。

大学の授業はまずまずで、教員仲間との関係も良好だった。物珍しい風物に接し、それまで味わったことのない美味しい料理と出会い、人々が愛好するワイノとか、クリオーリャとか、アフロ＝ペルアーナといった歌謡まで好きになった。しかし、日常生活には疲れた。次から次へと悲惨な光景に出会い、今もそれらが鮮明に記憶に残っている。

住まいは庭つきの豪勢な借家だった。そこから一歩外に出ると、荒廃した空間がいやでも目に入ってくる。銃を持った兵士たちがあちこちに無言で立っていて、彼らに眼を向けてよいものか戸惑った。

当時はテロ集団センデロ・ルミノーソが勢いを増していて、国全体が厳戒態勢を強めていた。「センデロ」とは山路のこと、「ルミノーソ」は「光り輝く」といった意味である。「輝く山路」と聞けば詩的な響きだが、実際は無差別殺戮を辞さない恐ろしい集団だった。

同じ頃、トゥパク・アマルという別のテロ組織も出現した。この組織はのちに東京銀行リマ支店長を襲撃することになるが、そのニュースを聞いた時、私はすでに日本に戻っていた。

リマでは家が海岸に近かったせいもあり、周囲に軍用地があった。海岸線を防御するのはわかるが、住宅地のすぐ隣に軍用トラックが並んでいるのは不気味にすぎた。鉄条網がめぐらされ、高く盛った土の上から銃を持った兵士が数人、道ゆく人々を見下ろす。その脇には大きな掲示板があり、「発砲命令あり」(Hay orden de disparo) と書いてあった。間違って発砲されたらどうしよう。通るたびに、そんなことを思った。

リマの中心部は、かつては美しかったろうと思われるコロニアル・スタイルだった。スペイン統治下の名残で、建物の壁のクリーム色と白い窓枠の組み合わせが瀟洒な感じを与えていた。だが、その界隈に近づくことが、これまた恐ろしかった。混雑した通りにはスリやひったくりが多く、ピアスを狙って耳を切られたという女性に何度か出会った。

というわけで、中心街に近づくのも億劫になり、必要のないかぎり金持ちの住む郊外の安全地帯にとどまる毎日となった。大学には徒歩では危険なので、必ずタクシーを使った。

いま思えばあのリマの中心部は、ペルーという国の、否、南アメリカ全体の現実そのものだった。過去の栄光の名残を感じさせるとはいえ、植民地主義の負の面が丸出しだった。表向きは近代化しているかに見えて、厳然と人種主義が支配するその社会。しかもそれはもはやスペイン統治時代の征服者と被征服者という構図ではなく、近代資本主義の生み出した露骨な差別の構図だった。

他の中南米諸国と同じく、ペルーもアメリカの巨大な経済システムの一部になっていた。アメリカ人は数こそ多くなかったが、ドイツ系やアイルランド系の白人が支配階級となり、彼らがアメリカ資本と結びつき、スペイン・コロニアリストの子孫たちを脅かしているのだった。要するに、中南米とは北米が支配する世界。先に言及したセンデロ・ルミノーソやトゥパク・アマルのような反政府組織の出現は、この文脈において必然性を持っていた。

中南米のどこでも日に日にアメリカの影響は増している。が、アメリカ社会との根本的なちがいは、メスティソと呼ばれるスペイン人と先住民の混血が多く、これが中間層をなしていることだ。北米の先住民が白人と結婚する例は非常に稀だが、中南米ではそれが当たり前だった。肌の色による人種差別が北米より少ない、と一応は言えそうだ。

ペルーにはインディオと呼ばれる先住民のほかに、奴隷としてアフリカから運ばれてきた黒人もいる。彼らの大半は社会の下層を占めている。そしてさらにその下に、いわゆるアンタッチャブル＝不可触賤民がうごめいていた。直視することの難しい底辺社会が、そこにはあった。

下層民が暮らす「貧困地区」（villa miseria ヴィヤ＝ミセリア）から立ち上る煙は腐臭しか放たないように思われた。道端に横たわっている人が生きているのか死んでいるのか、確かめる気にもなれなかった。そうした現状を見るにつけ、日本から来た若い人類学者はため息をついてこう言った。

「僕はインドにいたことがあるんですけど、同じ貧民でもまるで違いますね。インドにはよくも悪くも賤民を組み込んだ宗教がある。それで人々は救われている面がある。ここにはそういうものが全くないんです。」

インドを知らない私ではあったが、さもありなんと思った。インドにはインドの悲惨があるだろうが、悲惨な現実を彼らがどのように見るかというところで、古い宗教や哲学が機能している国と、そうでない国とではちがうのである。同じ現実でも、人がそれをどう受けとめるかによって変わってくる。ペルーの貧民はいかなる宗教からも見放され、精神の基盤を失い、生き地獄を彷徨っているように見えた。

リマでの二年間、街の中心から離れた海辺の高級レストランに行って、憂世を忘れようと思ったことは何度もある。しかし、テラス席に座ろうものなら、すぐさま十歳かそれより幼い「餓鬼」が走り寄ってきて、「何か食べ物を」と乞う。あまりの惨めさに思わず皿から手に取ってなにか差し出そうとすると、ウェイターが慌てて走ってきて、「いけません」と言う。そしてほとんど足蹴にして、彼らを追い払う。

妻がウェイターに「この子にサンドイッチ作ってくれません?」と頼んでも、「奥様、そんなことしたら、毎日来てしまいます」と断る。せっかくの外食の楽しみも、こうしてふっとんでしまう。私たち日本から行った者のほとんどは、大使館勤務の人も含め、否応なしに高級住宅街に住まわされた。身の安全を保つにはそうすべきだったのである。しかし、それで居心地がよかったかといえば、まったくそんなことはない。「高級感」がすでに差別構造に組み込まれていると感じられたからだ。

住み込みの「女中」を雇い、庭師を雇うのはほとんど義務であった。現地の人々に仕事を与えなくてはいけないから、というのが日本大使館の説明である。それを実行してみるのだが、これがなかなかに難しい。正直で働き者を見つけるのが至難の業というばかりではない。運よくそういう人が見つかったとしても、こちらが植民者の態度で接しなければ、彼らはどうしてよいかわからないのだ。経済力のある国の人間がペルーに住むとは、露骨な差別に加担することを意味した。

どの社会にも差別はあろう。とはいえ、差別を外部から義務づけられることは不愉快千万である。身につかない差別を実行しないと人間関係が構築できないとは、普通の神経では堪えられるものではない。近所に住んでいたフランス人夫婦はペルーに来て三年経つと言っていたが、「こんなところに長くいたら人間がダメになります」と嘆いていた。よほど無神経にならなければ、住めるところではない。

しかし、そういう国であっても欧米諸国や日本の観光客を惹きつけていた。今もそうであろう。山岳テロ軍団が跋扈するにもかかわらず、アンデス高地に築かれた旧インカ帝国の都クスコとか、今や世界遺産に登録されているマチュ＝ピチュとか、「秘境」と称されるだけの魅力を放ちつづけているのだ。

御他聞にもれず、私も家族連れでそうした地を訪れた。だが、彼の地でも先住民の生活の悲惨を目にして、観光どころではなかった。道を行けば、子どもたちに「ウン・ドラール、ウン・ドラール」と一ドル札をせがまれる。どう対処したものか。一人にあげれば十人ついてくる。それで誰にもあげないことに決めるのだが、後味が悪かった。

海抜三〇〇〇メートルのこんな奥地をも支配している米ドル。小学校低学年の子でも、ドルの価値は知っているのだ。というより、実際以上の価値を大人たちから吹き込まれている。これは単なる飢餓感ではない、心理的飢餓感の増幅された状態といってよかった。

そのころ覚えたスペイン語の表現に、「ミセリア・ウマーナ」(miseria humana) というのがある。直訳すれば、「人類の悲惨」。私が勤めていた大学のペルー人の同僚が、この言葉を使って自国を表現していた。

なるほどペルーの現実は「人類の悲惨」にはちがいなかった。だが私には、その同僚の言葉が言い訳めいて聞こえた。私が経済力のある日本からやってきたから、その手前そう言っているように聞こえたのである。その教授の生活水準は、ペルー社会では中の上、あるいは上の下だった。日本の大学教員の生活水準をはるかに上回っていた。

「ミセリア」という言葉は「憐れみ」という意味合いを持つ。「悲惨」といっても、同情すべき悲惨である。キリスト教道徳が染み込んでいる南米人は、この言葉を使うことで自らの良心を慰めるのだろうか。だが、そんな同情などなんの役にも立たない、とニーチェ風に言い捨てることもできた。

自分の国を「ミセリア」と形容するその教員は、自らをも含めてそう言っていたのだろうか。悲惨な現実を見て見ぬふりして生活を楽しむ、そういう自分を「悲惨」と見たのだろうか。もしそうならば、自らを罪人とした上で、それを憐れんでいることになる。これは正当な憐憫といえるだろうか。実際、こうした国ではたとえ社会の上層部にあっても、自分は罪を犯していると感ぜざるを得ない。「天国と地獄」という双極構造自体、地獄の構造である。

ある時、日本から遊びに来た若い女性が、あまりに露骨な悲惨を目撃して涙を流した。流したからとてなんの益もないのだが、それが自然な身体反応だったにちがいない。当時「経済大国」と自らを誇っていた国から来て、いきなり道端の物乞いの群れを見れば、そういう反応が出てもおかしくない。関西人だった彼女は、その少し後で珈琲をすすりながら、独り言のようにこう言った。「不公平やね。日本はそんな金持ちやったんか。ずいぶんな違いやね。世の中、一人が儲かれば、もう一人が貧乏になるんとちがいます？」

私にはこの言葉が忘れられない。世界経済はそういう原理で回っているのかと思ったのである。物理学に保存則というのがあり、この世界の物理量は、局所の物理量が増せば、別の局所の物理量が減り、その総量はいつも変わらないという。これは経済にも当てはまるのではないか。

2　ヴァルガス＝リョーサ

文学が専門の私は、ペルーに住むからにはペルー文学を読まねばと思った。当時の私のスペイン語はたいしたものではなかったが、それでも何冊かに挑戦した。

ペルーの作家としてはマリオ・ヴァルガス＝リョーサが有名だった。邦題が『都会と犬ども』(La Ciudad y los Perros 1963) となっている作品を読んでみた。わかりづらかった。

この作品はウィリアム・フォークナーの『八月の光』(Light in August 1932) にヒントを得たものだということを、あとで知った。なるほど、それならわかりづらくて当然だと思った。私はフォークナーを作家として非常に尊敬している。しかし、このペルー作家のほうはまったく評価できないでいる。どことなく、嘘っぽいと感じるのだ。

ヴァルガス＝リョーサはノーベル賞をもらった世界的作家であり、彼の書いた批評文を読むと、すぐれた文学者であるにちがいないとは思う。しかし、どうしても好きになれない。ペルー社会の問題点を衝いているとか、ラテン・アメリカの政治的貧困を見事に暴いているとか言われ、なるほどそういう印象を与えはするのだが、「人類の悲惨」を口にしていたリマの大学の同僚同様、どこか信用できないのだ。ヴァルガス＝リョーサは文学技術の熟練工以上のものではない、というのが私の結論である。偏見かも知れないが、修正する気にはなれない。

国際ピアノ・コンクールでは演奏ミスをしないことが勝利への道だと聞いたことがある。フィギュア・スケートの採点と似て、テクニック第一主義なのだ。それでは音楽は死ぬ、文学も死ぬ。技術とはある目的があって、それに沿った企画が立てられ、それに従って発展していくものだ。そこに創造が入る余地はない。

こんなことを書いていたら、芥川龍之介を思い出した。自らの文学作為における創造性のなさを認めた彼は、技術主義の文学の対極に『今昔物語』を置いた。「今昔物語鑑賞」（一九二九）において、『今昔』には「美しい生々しさ」があるとした上で、こう言っている。

この生々しさは、本朝の部には一層野蛮に輝いてゐる。一層野蛮に？――僕はやつと『今昔物語』の本来の面目を発見した。『今昔物語』の芸術的生命は生々しさだけには終つてゐない。それは紅毛人の言葉を借りれば、brutality（野性）の美しさである。或は優美とか華奢とかには最も縁の遠い美しさである。

『今昔』を誉めるのにわざわざ「紅毛人の言葉」を借りるのは芥川らしい俗物性であるが、それはさておき、彼の言わんとしたことはよくわかる。『今昔』には『日本霊異記』同様無駄というものがなく、「文学」のかけらもないのだ。真実だけの世界がそこにはあり、それこそが本当の文学だと芥川は言いたかったのである。

この文学観を受け継いだのが坂口安吾で、『文学のふるさと』（一九四一）において芥川のことを以下のように言っている。晩年の芥川がある農夫の書いた壮絶な実話を読んで愕然としたことを踏まえての文章である。

とにかく一つの話があって、芥川の想像もできないような、事実でもあり、大地に根の下りた生活でもあった。芥川はその根の下りた生活に、突き放されたのでしょう。いわば、彼自身の生活が、根が下りていないためであったかも知れません。けれども、彼の生活に根が下りていないにしても、根の下りた生活に突き放されたという事実自体は立派に根の下りた生活であります。

安吾は「彼自身の生活が、根が下りていな」かったと芥川のことを言っているのだが、そこで終わっていないところがさすがである。「彼の生活に根が下りていないにしても、根の下りた生活に突き放されたという事実自体は立派に根の下りた生活であります」と付け加えているのだ。すなわち、安吾は芥川のことを自らの生に真実味がないことに気づいた点で真実味のある作家だった、と言っているのである。

先に、ヴァルガス＝リョーサは信用できないと述べたが、つまるところ、そこに真実味がないのである。彼が南アメリカの現実を描こうとしたにしても、ガルシア＝マルケスに及ばない理由はそこにある。これはひとり彼だけの問題ではなく、多くの南米作家に言えることである。たとえば、アルゼンチンの作家で世界的に有名なボルヘスを読んでみると、そのどこにも真実味がないことに気づく。もっとも、ボルヘスの場合、最初から真実など求めていないのだから、ヴァルガス＝リョーサよりマシだったといえるのかも知れないが。

こんなことを平気で言い放つ私を、「とんでもない偏見の持ち主だ」と専門家諸氏やラテン・アメリカ文学ファンは言うかも知れない。芥川や安吾に追随する私の文学観は、たしかに古臭いのである。だが、そうであってもなお、『今昔』よりボルヘスをとるという気にはなれない。

つい最近になって、花方寿行の『我らが大地――19世紀イスパノアメリカ文学におけるナショナル・アイデンティティのシンボルとしての自然描写』(二〇一八)を読んだ。読後、南米文学についての自分の判断は間違っていなかったと思った。この本から私が学んだのは、ラテン・アメリカ文学の誕生がナショナル・アイデンティティー創出の必要性と不可分であり、彼ら創出者の努力とは、ヨーロッパ文学のモデルに新大陸の自然と風俗とを当てはめることだったということである。そのとおりなのだろう、と大いに納得した。

つまり、彼らラテン・アメリカの作家たちは当初からヨーロッパ中心主義を抜け出せずにおり、自らが生まれ育った風土と文化とを肌で感ずることなく、無意識にもそれを侮蔑していたのである。言い換えれば、彼らは最初から「生活に根が下りていない」インテリたちで、私がヴァルガス＝リョーサやボルヘスに感じる不信感もそれに由来しているとわかったのだ。

もっとも、同じようなことは日本にもないわけではない。たとえば、黒澤明の映画がそうである。黒澤ファンの反感を恐れずいえば、黒澤映画は所詮アメリカ映画の日本版。彼の映画の発想はアメリカ映画から来ており、その文学的インスピレーションは「ヒューマニスティックなロシア文学」から来ていると言ってよい。すなわち、彼の映画は最初から現実と接点を持っていないのだ。

そういうわけだから、エイゼンシュテインの技法を取り入れたとか、ルイス・ブニュエルの手法をマスターしたとか、そうしたことがまったく問題にならないほどに彼の映画は絢爛豪華なスペクタクルとなっている。欧米の観客や彼らの好みに順応した日本人にはウケるだろうが、そこに「日本」を探しても、見つからなくて当然なのである。

このことは、彼と同時代の小津安二郎と比較すると際立つ。小津もアメリカ映画に学んだ人として知られるが、同じアメリカ映画でも何を学んだかというところで黒澤と決定的に異なる。小津が学んだのは映画というものの本質であって、ある現実をどうすれば映画的に表現できるかということであった。初めから現実を見ない黒澤とちがって、小津には現実がまずあって、それをどう表現するかという観点から映画をつくったのである。彼の映画に「日本的」なものはあっても、「アメリカ的」なものがないのはそのためだ。

文学によるナショナル・アイデンティティーの創出という花方の問題設定に戻れば、「日本」という国のアイデンティティーは『古事記』と『万葉集』を編纂した八世紀奈良朝が創出したものだ。これらの古典が「やまと心」の源泉となったことは言うまでもないが、それによって排除されてしまったものを忘れてはなるまい。

『古事記』にはそれでも『日本書紀』には見つからない雑多性があるが、『万葉集』となるとかなりの程度洗練されており、そこが曲者である。多くの人は意外に思うだろうが、『万葉』は素朴であるどころかきわめて文明色の強いもので、そのことに気づくには文学的修練が必要なのである。

中南米文学が日本文学と似ているのは、それがナショナル・アイデンティティー創出のためのものとして始まったということにとどまらない。南米文学のモデルがヨーロッパ文学であったように、日本文学は漢文学をモデルとして生み出されたのである。つまり、文明世界と目される外国の文学モデルに合わせて土着文化を切り取る作業、そこが共通している。

かつて私は『万葉』における山上憶良の松浦の佐代姫と、『肥前国風土記』における佐代姫（原文では弟日女子＝オトヒメコ）とを比較して論じたことがある（『比較文学論考』二〇一二）。前者は後者の土俗性を見事に切り落として美しい抒情歌を生み出しているのだが、そのような抒情を「やまと心」としてしまうとき、私たちは自分たちのルーツを忘れ去るどころか、否定してしまうのである。これは文学的に見て、あるいは人間的に見て、根本的な過ちだと言えるだろう。

芥川が『今昔』に見出した「生々しさ」、安吾が「文学のふるさと」と呼んだ観念としての美以前の現実、それが『風土記』には見つかる。『万葉集』が洗練されているというのは、そうした汚れを洗い去って一応文学らしきものをつくったという意味であり、「文学」らしいものをつくり上げることで本来の文学を否定したことを意味するのである。

ついでながら言っておけば、日本列島のすべてがこの洗練の恩恵に浴したわけではない。この恩恵に抗してきた地域もあるのだ。たとえば、伊勢神宮のある三重県でも、尾鷲以南となると、雑多性の宝庫である熊野がある。熊野は古来日本の文化の中心から排除され、あるいはまた自らを排除してきた歴史を持ち、今でも中央に対して距離を置いている。

伊勢神宮が仏教を廃して国家神道の聖域として君臨しているとすれば、熊野はその全体が神仏習合で、「鬼は外・福は内」のかわりに「鬼は内・福も内」を保持している。中上健次の土俗的文学はそういうところに生まれているかぎりにおいて、芥川が求めた真実の文学であり得るのだ。

3　インカの石

ペルーの石について語る時が来た。今まで多くの石を世界のあちこちで見てきたが、インカの都クスコで見た石壁の石ほど見事に加工されたものを見たことがない。クスコの旧市街にはあちこちに石壁があり、非常によく磨かれて光沢をはなつ長方形がぎっしり敷き詰めてある。その壮麗さは訪れる者を魅了せずにおかない。

マチュ・ピチュの石段はあんな高所によくこれだけの石を運んだものだと感心させられるが、石そのものの美しさ、完成度という点からはやはりクスコの石壁であろう。機械技術の発達していなかった時代に、機械に劣らぬ正確さで石が切り出され、おまけに念には念を入れたように手で磨き上げられ、ふっくらと丸みを帯びた肌になっている。石に対する深い思いがなければ、ああした加工はできなかったろうと思われるのだ。太陽神の子孫の神聖な場であると信じられたからこそ、あのような石を敷き詰めた都となったのである。

マチュ・ピチュは標高二四三〇メートル、クスコは三四〇〇メートルだから、クスコの方がより高地である。高山病で息をつくのもやっとという状態で、多くの人が石を担いで登った。想像しただけでも、インカ帝国の強大さがわかる。

『星の王子さま』の作者サン＝テグジュペリは、『夜間飛行』（Vol de nuit 1931）のなかでこんなことを言っている。

「愛する、ただ愛する、何たる袋小路だ！」

リヴィエールは愛することより重要な義務があるのだと、ぼんやりながら感じた。

むろん、その義務にも優しさはあるのだが、その優しさは通常のものとは違う。

とその時、ふと彼の頭にある文句が浮かんだ。

「彼らを永遠にしてあげなくてはならない……」

どこでそれを見たのだろう？

「自分のために求めるものは、いつか死んでしまう。」

彼は思い出した。太陽の神を祀るあの神殿、ペルーで見た昔のインカの神殿だ。あの高地に積まれた四角い石の数々。あの石がなかったなら、強大な文明のあとかけらもなくなっていただろう。今日の人間には悔恨にも似た感情を喚起するあの文明の重みは、たしかにあの数々の石の重みなのだ。

一体、どんな厳しさゆえに、どんな不思議な愛ゆえに、インカの首長はその臣民にあんな高い山の上に神殿を築けと命じたのだろうか？「彼らの生を永遠なものにする」ためだったのか？

リヴィエールは街々で群衆がバンドの音楽に合わせて回って踊るさまを思い浮かべた。そして、「そんな幸福、安全ベルトのようなものでは……」と思った。インカの首長は石を運ぶ人々の労苦に対する同情はなかったかも知れないが、彼らの死に対する同情、とてつもなく深い同情があったにちがいないと思ったのだ。

それは個々の人の死ではなく、いつか海洋が地上から消してしまう人類という種の死に対する同情であった。首長が臣民に命じて山上に積み重ねさせた石は、かくして砂漠に埋もれるだけは免れた、そう思ったのである。

主人公リヴィエールは飛行士たちの長であり、部下には夜間飛行をさせて郵便物を運ばせている。彼にとって仕事は神聖なものであり、人類の理想を実現する手段だった。

夜間飛行はレーダーが不備だった当時、命の危険を伴うものだった。それゆえ、リヴィエールは部下たちにそうした危険を冒させてよいものかどうか、しばしば自問したのだ。引用の箇所は、彼がインカ神殿の石を思い出すことで、その疑問になんとか答えを出そうとしている場面である。

リヴィエールに言わせれば、インカの首長はその臣民たちの生を永遠なものにするために高地に重い石を運ばせた。自分も部下たちに危険な夜間飛行を命じているが、それは彼らの生を永遠にするためではないか、と自身を納得させようとするのである。この考え方は見方によっては崇高だが、独りよがりともいえる。たとい部下たちがその命令を喜んで受け入れたとしても、それでよいのかという疑問は依然として残る。

インカの首長にしたところで、たとい宗教的目的であろうと、神殿建設は首長自らの権威を強化するためのものであって、重い石を高地まで運ばせたのは、結局は自分のためだったと言えなくはない。近代的常識からすれば、むしろそう見るほうが当たり前である。

リヴィエールの思想はその意味で前近代的である。そのような思想を自作の主人公に抱かせる作者サン＝テグジュペリにすれば、近代社会の常識は百も承知で前近代的人物を世に送り出しているのである。人間、ただ生きて、ただ楽しく暮らせればそれでよいのか、そう彼は問う。理想をもって、それを実現するために命を賭けることこそ人間らしい生き方ではないのかと。いわゆる人権思想に対する、彼なりの挑戦である。

この作家が二〇世紀のフランスを代表する一人であり、人権の国に生まれ育った人であったことは無視できない。彼はフランスの誇る「近代」を超えたかったのである。フランス革命の精神を百パーセント信じることはできない、むしろ近代はそれ以前より人類を不幸にしているのではないか。そういう疑念がサン゠テグジュペリにはあったにちがいない。

それにしても、インカの石を持ち出してまで主人公の考えを披露させたサン゠テグジュペリ。自分の眼でインカの遺跡、石を積み上げてつくられたその神殿を見たからこそ、そのように思ったのである。この作家は作家である以前に飛行士であり、南アメリカをしばしば飛ぶことがあった。インカ遺跡も自らの眼で確かめる機会を得たのにちがいない。

たしかに、あの神殿の見事に積まれて輝く石の数々を見れば、誰しもがそれを積み重ねた人々の労苦が聖化されているように感じる。重い石を運んだ彼らは、肉体的には苦痛と感じたかも知れないが、自分の労苦が太陽の神の栄光をたたえることになると信じて運んだと想像されるのだ。だが、そのような想像は、そこを訪れる近代人の勝手な思い込みにすぎないという可能性も、やはり残る。

4　アルゲーダスの石読み

同じインカの石でも、アンデス文明を自らの源泉とし、ペルーの現実を生身で生きた作家ホセ＝マリア・アルゲーダスの場合、これとはちがった角度でインカ遺跡を見ている。インカの言語であるケチュア語を、母語であるスペイン語と同じくらい身につけていた彼のような作家は、先に挙げたヴァルガス＝リョーサなどとちがって、ペルーの真実を心の痛みをもって描けた人なのである。

晩年の作『深い川』(Los Rios Profundos 1958) はペルー文学の白眉と言ってよい。そこに表れる深い悲しみは、被征服者の「川」と征服者の「川」に引き裂かれた自らの魂から生み出されたものにちがいない。

『深い川』は、主人公の少年が父親に連れられてインカの都クスコを訪ねた時の回想で始まる。もはやインカ帝国はどこにもないが、その遺物としての神殿や町の石壁がまざまざと過去を伝えてくれる。主人公はそれを肌で感じとる。

角になっているところがあった。そこを曲がって広い路に進み、それから薄暗い路に入った。

小便の臭いがした。上り坂になっている狭い路だった。両側の壁の石をひとつひとつたどって僕は進んだ。ときどき壁から数歩離れてじっくり見ては、また近づいてみた。
石のひとつひとつに手で触れてみた。波を打つような、どこへ行くとも知れない線を追っていくと、それはまるでいくつかの岩の塊が一つになってできた川の流れのようだった。石壁は、暗い路の静けさの中で生きていた。そして僕の掌の上で、僕が触れた石と石とを光炎で結び合わせているのだった。

主人公の少年はインカの石壁を手で触れてたどる。たどる「線」は石と石のつなぎ目の線である。それを「川の流れ」と感じる主人公は、もはや石壁を石壁とは見ていない。生きた歴史を見ているのだ。彼が手のひらで触れたことで石壁が語り始める。石と石を「光炎」がつないでいると感じるのだ。
石壁が少年に語る歴史はスペイン語ではなく、インカの言語、ケチュア語で書かれている。しかもこの言語の生命を伝える歌言葉で書かれている。少年はそれを読み取り、作者はそれをスペイン語に訳す。

インカの石壁の石は思っていたよりもはるかに大きく、しかも不思議な感じがした。しっくいで固めた上段の下で、なにか沸騰した湯のように音を立てていた。広い通りに面した方は真っ暗で何も見えなかった。

とそのとき、ケチュアの歌が聞こえてきた。悲しげな旋律で何度も繰り返される「ヤーワル　マユ」、すなわち「血の川」という言葉だ。「ヤーワル　ウヌ」（血の水）とつづき、「プクティック　ヤーワル　コッチャ」（煮えたつ血の湖）「ヤーワル　ウェッケ」（血の涙）とつづく。その時思ったものだ、「ヤーワル　ルミ」すなわち「血の石」と言ってもよかったのではないかと。あるいは、「プクティック　ヤーワル　ルミ」（煮えたつ血の石）と。

石壁は動かなかった。なのに、そのすべての線に沿って煮立っていた。そのせいで、表面が絶えず変化する夏の川のように変化し、一番危険な、一番力のある流れの中央に向かっているのだった。インディオたちはそういう危険な流れのことを「ヤーワル　マユ」、すなわち「血の川」と呼んでいた。流れが陽に照らされてその光が変化するのが血のように見えるからだ。そういえば、この「ヤーワル　マユ」という言葉、戦の踊りのときにも使う。踊りが戦闘の仕草になるときに。

そんなことを思っていたら、僕は思わず石壁に向かって叫んでしまった。「プクティック　ヤーワル　ルミ」（煮えたつ血の石）と。路が相変わらず静まり返っていたので、何度もなんど度も同じ言葉を叫んだ。

ここに見えるのはインカの石壁と対面し、その言葉を聴き取り、それに対して言葉を返そうとする少年の姿である。作者アルゲーダスにとって、クスコの石壁は対話の相手だったのだ。その対話が彼に可能だったのは、インカの言葉、人がインディオと呼ぶ先住民族の文化が彼の血となり、肉となっていたからだ。

引用の中で何度も使われる「血」(ヤーワル)という語は、引用文で説明されているように流れが陽に照らされてその光が変化するのが血のように見えるからだが、やはり「血」には血縁の意味もあり、戦闘によって流される血という意味もある。また、サン＝テグジュペリが感じたように、太陽神とその子孫たる首長のために、傷を負いながらも重い石を運んだインカの民の「血」であり「涙」でもあったにちがいない。こうした複雑な意味のつまった言葉が、川の淵がもつ危険と重なる。作品のタイトル「深い川」は、危険な川の淵の謂なのである。

それにしても、サン＝テグジュペリがインカの石壁をひとつの思想として読み取ったのに対し、アルゲーダスがそこにインカの民の悲しみを聴きとるというちがい。サン＝テグジュペリにとっては労苦を意味していた石が、アルゲーダスにとっては「煮えたつ血」だったのである。インカ文明は消え去ったが、その末裔であるケチュアの民は生きている、そして叫んでいる。そういうことだった。

アルゲーダスの受けとめ方は内的というより、動的で身体的と言った方がよい。石壁が生きているという確信によって、過去と現在が一つになっているのである。ものの声よりも、労働と宗教に関する観念の声を聞いたサン＝テグジュペリと、まさに対照的である。

ガリシアの石

1　サンティアゴ

スペイン西北部、大西洋に面したガリシア地方を初めて訪れたのは今から五十年前のことだ。五十年といえば半世紀、遠い昔である。当時の私は、フランスの大学に留学する身だった。

そのとき訪れたのはサンティアゴ・デ・コンポステラという古い町で、ガリシア地方の文化的中心とされていた。町の中心に石造りの荘厳な聖堂があり、中に入るとお香の匂いがすごい。ヨーロッパといえばフランスしか知らなかった私は、そのお香のせいでスペインはまだカトリックが生きていると思った。

サンティアゴ・デ・コンポステラ（以下、サンティアゴと略す）は今でこそ「サンティアゴ巡礼」で有名である。日本からも「巡礼」に参加する人がいるようだ。当時は伝統ある大学町として知られていただけで、観光客は少なかった。

とにかく石の町だった。中心街は台北の中心街がそうであるように、屋根つきの歩行者専用路があった。天井も床も石で、すべてが黒っぽかった。雨の多い地方だから仕方ない。坂道が多いので、歩行者通路にもあちこちに三段ぐらいの階段があった。それを上ったり降りたりして前へ進むのだが、陽が差し込まないこともあって薄暗く、じめじめしていた。

スペインといえば、青々とした空と空気の乾燥した国というイメージがあるが、ガリシア地方はちがう。大抵のスペイン人は「あそこは雨ばかりでね」と顔をしかめる。当時はマカロニ・ウェスタンと呼ばれるイタリア製西部劇が人気だったが、スペインのごつごつした岩の乾燥地がロケ地に選ばれていたようだ。後年知り合ったあるイスラエル人が、「イスラエルは基本的に砂漠の国だよ。ヨーロッパならスペインというところかな」と言っていた。なるほど、スペインも全体として砂漠に近い。

ガリシアは雨が多いおかげで、スペインにしては緑が多い。山々はごつごつした岩なのに、その麓にユーカリが生え、陽が照ると葉の緑が光る。雨の時はそれが深い青となって美しい。スペインで天気の変化を楽しめるのはガリシアが一番かも知れない。

サンティアゴの屋根付き通路はそれに沿って小店やカフェ、居酒屋などが並んでいた。窓ガラスをとおして中が見えるようになっており、覗きながら歩くのはなかなか楽しかった。蛍光灯が普及していなかった時代、店内の灯りは黄色く、それが温く感じられた。冬なら中に入って暖をとりながらスープでもいただこう、夏なのにそう思った。

街を案内してくれたのは、知り合いのまた知り合いの女子学生で、初対面にもかかわらずいろいろ話してくれた。サンティアゴ大学で言語学を学んでいるという。スペイン人にしては色白で、髪の毛が赤みがかっていた。

当時の私はスペイン語ができず、私たちはフランス語で会話をした。その頃のスペインの学生は英語よりフランス語の方がよくできた。私が「あなたはスペイン人に見えない」と言うと、「だって、ガリシア人ですから」と笑った。そして、ポケットから青っぽい紙タバコの箱を出した。当時は学生も大人も誰もがタバコを吸う時代で、「喫煙は悪」という思想はなかった。学生なら、大抵タバコを吸ったのである。

彼女がタバコをとり出したのは、箱に書いてある文字を示すためであった。「セルタス」(Celtas)と書いてある。セルタスとはスペイン語で「ケルト人」を意味する語で、タバコの箱には剣を突き出している兵士の絵があった。その兵士はフランスで人気のあった漫画「アステリックス」の兵士とよく似ていた。なるほどそうか、この絵はケルトの兵士で、ガリシアはケルトの国なのだと納得した。

ケルトというとアイルランドが思い浮かぶ。スコットランドもケルトの国である。フランスではブルターニュ地方がそうだが、スペインにもケルトの国があるとは知らなかった。だが、ケルトを知らないとガリシア人を理解することはできない。ガリシアを訪れるたびに、その思いを強くする。

もっとも、一体なにがケルト的で、なにがそうでないのか？　簡単にいえば、ケルト人はヨーロッパにおける先住民。彼らはローマ人によって滅ぼされ、あるいは僻地へと追いやられた。ローマは法制の整備された文明国。一方のケルトは石器時代的な文化を営み、宗教も自然崇拝の多神教。弱小ではあるが、古来の文化を失うまいとするたくましい民族である。

そのケルト、ローマ帝国に服従してローマ人の宗教に転向、すなわちカトリック教徒となっている。しかし、自然崇拝を中心とする基層文化が大きく変ったとは思えない。日本人が彼らに親しみを感じるとすれば、自然崇拝が生きていて神道と相通じるものがあるからだろう。どことなく完全に文明化していないところ、そこがある種の安心感を与えるのだ。

ケルトは文明に服従しながらもなんとか固有文化を保とうとし、時に卑屈になりもすれば自尊心をあらわにもする。無口で、自己主張が弱いようで頑固で、感傷的で、いつまでも過去を眺めつづけるといえば聞こえはよいが、執念深いというべきだろう。スペイン全体が陽の当たる国とすれば、このガリシアは日陰である。

ローマの名将ユリウス・カエサルの書いた本に『ガリア戦記』というのがある。ガリア、ゲルマニア、ブリタンニアをいかに征服したかを記している。そこでいうガリアとはケルトの国のことである。ガリシアはスペインのガリアなのであり、文字通りケルト国なのだ。

日本人のなかには、自分たちは先進国で文明のトップを走っていると思い込んでいる人がいる。しかし、日本列島の歴史を振り返れば、日本がつねに「寄らば大樹」の大樹を必要としてきた国であることは明白だ。かつては中国、今はアメリカ。日本人は大樹の蔭で安楽を決め込み、もともとあった古い伝統を密かに保持しつづけようとしてきた。これがいつまでつづくかはわからないが、少なくとも今まではそうである。

ガリシアに話を戻せば、この地方がポルトガル北部と隣接する地帯であることは見逃せない。スペイン人にとってポルトガル人はなんとなく「胡散臭く」、何を考えているかわかりづらいというのだが、それはポルトガル人が内気だからである。ガリシア人もそれに近いところがあり、なんでもはっきりさせたがる一般的スペイン人からすれば、「胡散臭い」人たちにちがいない。

あるとき、こんな話を聞いたことがある。スペイン人がガリシア人に「右に曲がるの？」と聞くと「うん」という。「左に曲がるんだろ？」というと、これにも「うん」という。「はっきりしろよ、どっちなんだ」と苛立つと、「実はわからないんだ」と答える。「そんなはずはなかろうに」というと、「いや、ほんとにわからないんだ」という。これにはスペイン人もお手上げだという話である。

言語的に見ても（ガリシア語というのがあり、これはスペイン語の方言とは見なされていない、一つの国語と見なされている）、ガリシアはスペインとポルトガルの中間地帯だ。中世ガリシア語と現在のポルトガル語とはほとんどちがいがないと聞く。

サンティアゴは石の町だと言ったが、何度行っても石が多いという印象は変わらない。あのような町を建設するには多量の石を必要としたにちがいないが、ガリシア地方には石山がわんさとある。石工の数もこの地方が断然多いと聞く。

注目すべきは、他のスペインの都市でも建造物は石造なのに、サンティアゴにかぎらず、ガリシア地方のどの建造物の石も表面がざらざらしていることである。つまり、ガリシアの石は磨かれていないのだ。

これがなにを意味するのかといえば、人々の無意識のうちに石に対する信仰があるからではないかと私は思う。磨く技術がなかったのではなく、磨こうという意思がもともとないのだ。磨くとは荒削りな表面を消したい、化粧をさせたいということである。磨きたくないとは、荒削りなままでいい、化粧をしてはいかんという意味である。そのような荒削りの石が多湿な気候のために黒ずむ。そして、その色が周囲の樹木の緑と調和する。ガリシアならではのこの風景、見る者の心を癒す。

あえて言えば、石への信仰が水への信仰につながっているのがガリシアということになる。石が黒ずむことで湿気を感じさせ、それをも尊ぶ心が育つのである。しかし、その信仰が失われれば、人は確実に鬱になる。

サンティアゴにかぎらず、ガリシア地方のどこでも道をゆけばクルセイロと呼ばれる十字架を背負ったイエスの石像と出会う。日本でいえば地蔵さんのようなもので、これが道ゆく人の安全を守るといわれる。そのクルセイロの石もケルト風、すなわち黒ずんだ、ざらざら石である。

日本にはかつて高床式の穀倉があった。それと同じようなオレオと呼ばれる穀倉がガリシアには多い。日本のは対馬を除けば木でできた倉が多いが、ガリシアのはすべて石造りである。日本には校倉《あぜくら》造りと呼ばれる手法の穀倉があるが、ガリシアのも意図的に石と石の間に隙間をあけて組んであり、風通しのよいものになっている。

　ガリシアの東隣のアストゥリアス地方にもオレオはあるが、ガリシアのはそれとはちがい、むしろポルトガルのと同じ造りである。今でこそ国境によって隔てられているが、文化圏として北部ポルトガルとガリシアは同じひとつである。

　高床のオレオには穀物や芋などが保存されてきたが、これまた多湿な気候のせいである。床を高くして少しでも湿気を防ぐのだ。人間どこでも似たような工夫をする。日本とかスペインとかいうよりも、自然を前にして文化を構築してきた人類の営みの普遍性を思うべきだろう。

2　ヴィゴ

　ガリシア地方の州都は前述のサンティアゴであるが、人口が最も多いのは港町ヴィゴだ。ポルトガル国境に近いこの町は、かつてほどではないかも知れないが港町らしい雰囲気を保っている。神戸や長崎のように、異国とのつながりを感じさせるのである。

　ヴィゴは大西洋に面したヨーロッパ最大の漁港である。スペインの魚介類缶詰は世界的に名高いが、その大半がここで造られている。値段の割には中身が豊富で味付けもよく、私はスペインの名産の一つに数えている。

　初めてヴィゴに行ったのはサンティアゴを訪れてから数年後のことだ。今ではマドリッドから超特急列車が出ているが、当時はのろい列車しかなく、早朝に出て夜になってやっと着くという有様だった。

　それでも退屈しなかったというのも、カスティリア地方の砂漠然とした赤ちゃけた岩肌が徐々に消え、豊かな水を湛えた川や緑の樹林が現れ、まったく異なる風土が出現するからだ。飛行機とちがって、列車の旅は土地を知ることができ、時間の推移とともに空間が変化する魅力がある。

　ヴィゴは坂が多く、日本なら長崎だ。長崎も港町だが、これを海運上の重要な拠点と位置づけたのはポルトガル人であった。一方のヴィゴは少し南へ行けばポルトガルである。かつてリスボンの港を訪れた時、ここから遠い日本まで旅立つ人があったのかと感慨に耽ったものだが、ヴィゴからは今でも長崎や神戸へ向けて船が出ていくと聞く。

　ヴィゴはスペインでも有数の工業地帯である。プジョー＝シトローエンの自動車工場があり、造船業も盛んだ。日本で長く造船業に携わっていた友人が、かつては年に一度ヴィゴに行っていたと言っていた。造船業者・海運業者にとって依然として重要な町なのである。

　この町が南米ブラジルとのつながりも強いことは、スペイン国内でもあまり知られていない。町のスーパーに行くと、他のスペインの都市では見られないブラジル産のコーヒー豆が目立つ。物品だけではない、ヴィゴからブラジルへゆく船も出ており、かつては一攫千金を夢見てブラジルへ移民した人も多かったようだ。それもそのはず、ガリシア語はポルトガル語に近く、ブラジルの公用語はポルトガル語だからだ。彼らガリシア人にとって、ブラジルは全くの異郷ではなかった。スペイン人はキューバ、メキシコ、アルゼンチンといったところに移民したが、このヴィゴはつねにブラジルをターゲットにしており、今もヴィゴ国際空港からはブラジルの諸都市に飛行機が飛び立っている。ガリシア人とブラジル人の交流は、私たちが思う以上に盛んなのだ。

ブラジルの隣国アルゼンチンの首都ブエノス＝アイレスには「ガリシア銀行」(Banco de Galicia) なるものがある。アルゼンチン人はスペイン人あるいはスペイン出身者のことを「ガシェーゴ」(ガリシア人) と呼んでいる。アルゼンチンにもガリシアから移民した人が多かったのだろう。一方、ブラジルはというと、スペインからブラジルに移住したのはガリシア人だけだったようである。先にも述べたポルトガルとの親近性があるからだろう。

ヴィゴには「フロイス」(Froiz) と名のつくスーパーがたくさんある。ガリシア一帯に広がるチェーン店で、他の地方への進出はほとんどないようだ。「フロイス」といえば、日本史を書いた最初の西洋人ルイス・フロイス (Luis Frois) が思い出される。彼はポルトガル人の宣教師だったが、ポルトガルと接するガリシア人が同名のスーパーを展開しているとしておかしくない。この店に入ると、なんとなく親しみを感じるから不思議だ。

同じフロイスでもFroiz とFroisでは綴りがちがうではないかと言われそうだが、綴りのちがいは前者がスペイン風、後者がポルトガル風というだけで同根である。スペインの他の地方にこの姓はないと聞く。

3　ロサリア・デ・カストロ

ロマン主義は一九世紀ヨーロッパの産物である。定義はいろいろだが、その本質は感情への耽溺、己の苦悩の暴露癖、ナルシシズム、その延長拡大版としての地方主義や民族主義といったものである。小林秀雄は「私小説論」（一九三五）でルソーの「告白」を私小説の源流とし、それを女々しいものとして断罪したが、そのルソーをロマン主義者に数えるなら、島崎藤村などその影響を受けて告白文学を展開した日本作家たちはみなロマン主義者であったと言ってよい。

ルソーと藤村では精神のあり方がちがい、社会環境も著しくちがう。藤村がルソーの告白に感動したのは事実であり、そこから彼の文学が始まったというのも本当であるかも知れないが、だからといって、藤村を「日本のルソー」などと呼んではなるまい。本人は十分苦悩したつもりで、自己の生の秘密を暴露することが一種の快楽であるという自覚すらなかったように見える。告白によって自己の真実に迫り、虚偽を排した文学を構築したつもりだったとすれば、少し腹が立つ。

藤村が信州の自然を語り、江戸や京都の文化とは異なる世界を表出させたことは功績として認めよう。また、『夜明け前』によって日本近代の意味を問うたことも評価に値する。しかし、彼の告白には自己耽溺が目立ち過ぎ、とうてい彼を自然主義作家とみなすことはできない。自然主義とは自然科学主義のことであるが、藤村には科学のかけらもない。

もっとも、自然主義がロマン主義の成れの果てであるという意味でなら、藤村も自然主義者であった。ゾラやフロベールやモーパッサンの文学には、たしかにロマン主義への幻滅が見えるのだ。とはいえ、科学の洗礼を受けた彼らの文学には藤村が陥った自己耽溺は見られない。彼らの文学はロマン主義的な自我が幻想に過ぎないことを悟ったことによって生まれたもので、藤村にはそうした幻滅はない。

このようなことを長々と書いたのも、ガリシア文学の嚆矢と目されるロサリア・デ・カストロの詩が、まさにそういう意味でのロマン主義だからだ。連綿とつづく生の苦悩の告白、過去への哀惜。彼女の詩句は生きることのつらさ、悲しさの表白の連続であり、そこにガリシアの風景も抒情も見つからないのである。これを以て、ガリシア文学と言えるはずがないではないか。なのに、愚かなことに、ガリシアでは彼女のことをえらく評価している。

スペイン文学の黄金期は、誰もがいうように一七世紀である。『ドン・キホーテ』を書いたセルヴァンテス亡きあと、ロペ・デ・ヴェガやカルデロン・デ・ラ・バルカといった優れた劇作家が登場し、イギリスのシェイクスピアの豊穣さとも、フランスのラシーヌの均整とも異なる一種独特な文学を生み出した。読めば読むほど面白い作品群だが、『ドン・キホーテ』も含めて日本でこの文学の魅力を知る人は少ない。

しかし、そのスペイン文学は、この十七世紀を頂点として下降の一途をたどる。その下降は、ヨーロッパの十八世紀が生んだ啓蒙思想の影響を被らなかったからだと言ってよいと思われる。ヴォルテールの影響を受けたパブロ・デ・オラビデのような啓蒙思想家が「異端審問」によって完全に排除されるような国情において、文学は過去の栄光の陰に隠れるほかなかった。

十九世紀になっても状況は改善されなかった。スペインをも制覇しようとしたナポレオン軍が敗退したことは、その意味で重要である。その善悪は別として、ナポレオンは啓蒙思想をヨーロッパ中に広げようとした「開明的」侵略者であった。その彼が征服に成功しなかったのはスペインとロシアで、この二つの国が啓蒙を経ずに近代化されていった事実は重要である。

日本にしても同様であろう。明治維新直後は福沢諭吉が啓蒙思想を広めようとしたが、彼の思想界での影響力は思いのほか短命で、合理的な思想が育つ前に国全体が右傾化(一部は左傾化)していった。そのような過程の中で前述の島崎藤村のようなロマン主義者が生まれたのであって、ロマン主義の隆盛は啓蒙思想の衰退と表裏一体なのである。

ところで、経済と同じで文学にも輸出入がある。黄金期が終わるとスペインを経済的に凌駕したイギリスやフランスの影響が文学においてもつよくなり、スペイン文学は輸入超過となっていく。といっても、啓蒙思想を禁じる国であったから、禁制品とならない思想のみ輸入されることになった。ロマン主義はまさにそうした輸入品の一つであり、前述のロサリア・デ・カストロの文学はその輸入によって成り立つのだ。

　彼女がスペイン語でなくガリシア語で書いたという一点だけは評価すべきだろう。しかし、それとて彼女のロマン主義的嗜好、すなわち輸入元のフランスへの追随の産物である。ガリシア人にとって彼女の詩はガリシア文学の始まりを意味するとしても、彼女の「ガリシアの歌」（Cantares Gallegos 1863）のどこにもガリシアの文化や人々、またその自然を見つけ出すことはできない。

　彼女が憧れたであろうフランス・ロマン主義を代表するシャトーブリアンと彼女を比較してみるとよい。シャトーブリアンには故郷ブルターニュの自然を愛でる感性が溢れ、その感性が彼をして新大陸アメリカの自然と生活をも描かせている。一方のロサリア・デ・カストロは「ガリシアの歌」といいながら、その主人公は彼女自身であって、決してガリシアではない。

　彼女の夫マヌエル・ムルギアはガリシア＝ケルト主義者と言われ、偏狭な人種主義者だったとも言われる。この夫にしても地方社会のインテリであって、ガリシアの一般民衆からは遠く隔たった存在だったのだ。ムルギアはフランス国内の民族主義にえらく共感していたというから、妻ロサリアのガリシア・ナショナリズムの源泉は彼にあったのかも知れない。

　ナショナリズムはそれが社会の下層から生み出されたものであれば力を持つが、上からの輸入イデオロギーによって醸成されたものならば取ってつけたようなものにならざるを得ない。「ガリシアの歌」はそれが輸入品であるがゆえに、真のガリシアの詩になってはいない。

　では、本当のガリシア文学はどこにあるのか。今や半自治州としての地位を持つガリシアであるが、ガリシア語での出版は増大しているものの、これぞガリシアだと感じさせる文学は見出せない。そういうわけだから、私のようなよそ者はガリシアの魂を探して、つい石のほうに目がいく。ガリシアの石で出来たクルセイロ（十字架を背負うイエス像）やオレオと呼ばれる穀倉、そうしたものに目がいくのである。

4　新石器遺跡

ドルメンといえば巨石墓のことである。巨大な石でできた墓はアジアにもあり、中国にはなくても朝鮮半島や日本では見つかる。いずれもが新石器時代のもので、それ以前のものは見つかっていないようだ。

では、新石器時代以前に巨石墓はなかったのか？　そうであるなら、新石器時代になって初めて巨石を掘り出す技術、運搬する技術が高度に発達したということであろう。逆にいえば、そうした技術の発達を必要とするほどの巨石への信仰が、この時代になって活発になったということだ。

では、そうした信仰は、一体誰に対しての、あるいは何に対しての信仰だったのか？　死者の霊に対するものだったという答えもあれば、王権を賛美するためのものだったという答もある。だが、それなら、なぜ巨石でなければならなかったのか。

当時の人々には石そのものへの信仰があったと見たい。石には不思議な力が宿っており、それを古人は強く感じていたにちがいないのである。地球物理学によれば、地球は磁気を帯びた巨大な磁石である。北極と南極を両極とする磁場を持っているという。その磁場を地磁場というが、私たちの身体は本来それを感じる力を備えているらしい。巨石信仰を物理的に説明すれば、そういうことになる。

動物の場合は磁性への感度が高く、たとえば渡り鳥が方角を間違わずに飛べるのは彼らの身体に高性能の磁気探知機があり、それが地磁気を感知して、しかもそれを方角イメージに翻訳する能力を持っているからだという。人類の場合は、文明が進歩するにつれてその感性を失ってしまったようだが、新石器時代人であればそうした感性は私たちよりはるかにあったはずだ。であればこそ、あのような巨石文化を生み出したのだろう。

他方、地磁気を感じる力は文明の発達とともに衰えたが、それが衰えないようにという工夫が巨石文化となって現れたと見ることもできる。ということは、すでにあの先史時代において地磁気を感じる力の衰えが自覚されていたということで、それを食い止めるために石の力を象徴する建造物が必要だったのである。

人が何かを強調する時、その何かがすでに衰退の兆候を示しているると感じているのではないか。「大道廃れて仁義あり」と老子も言っている。信仰とは、ある実在が失われそうになる時、なんとかしてそれを引き止めようとする心の働きであろう。ドルメンとは石への信仰の衰退に対する古代人の抵抗のあらわれ、そう捉えることもできるのである。

だが、ドルメンがそういうものであったとしても、多くの現代人にとっては不思議な岩石の組み立てに過ぎず、遠い過去の遺物以外のものではなくなっている。これを現代美術の一種と見る人もおり、彼らには、「ああ、昔の人はこんなものを作っていたんだ」という思いしか浮かばないのである。そのような人が増えている今日、ドルメンを見ることで過去の人類の心性を思い出すなど、まずあり得ない。

観光事業を担当する役所も、観光収益を考える業者も、ドルメンをテーマパーク程度にしか考えていない。こうなると、ドルメンの方でも動物園の檻の中の猛獣のように、周囲に合わせて死相を示すようになるばかりだ。

しかし、それでも、観光客が消え去った夕暮れ時などその近くに寄り立ってみれば、静かに別の次元へつれて行ってくれる力をまだ保持している。いつも必ずというわけではないが、そういう至福の瞬間を与えてくれもするのである。

私のような鈍くなった感性にもそのような機会が訪れるのだから、私よりずっと感性が鋭かった新石器時代人にとって巨石の力は凄まじいものであったにちがいない。その力への信仰が「偉大なる故人」への崇敬の念と混じりあえば、巨石そのものが崇敬の対象となって少しもおかしくないのである。

ところで、ドルメンといえばアイルランドやイングランド、それにフランスのブルターニュ地方に多く見られる。いずれもが大西洋に面した辺境で、ヨーロッパの西はずれであり、しかもケルト文化圏なのである。そういうわけで、これをケルト文化と結びつけたがる人が多いが、考古学者に言わせればこれは間違いだそうだ。ケルトの出現は新石器時代より後の話で、ドルメンをケルトと直接結びつけるわけにはいかないというのである。

では、どうしてドルメンの見つかるところがケルト文化圏と一致するのか。これについては以下の説明で足りよう。すなわち、ドルメンが見つかるのは「最果て」の地であり、ケルト族は文明人に追われて同じように「最果て」の地に逃れ着いた。よって、ケルト族の運命とドルメンのそれとは重なるのだと。

そもそもドルメンという言葉はケルト語である。ドルは「机」、メンは「石」という意味だそうだ。つまり、「机石」あるいは「石机」ということで、なるほど巨石墓は石机の形をしているのである。だがそうなると、ケルトの認識では巨石はもはや「墓」と結びつけられていなかったのか？そうかも知れない。というのも、ドルメンはケルト以前の産物であって、ケルト人たちはそれを過去の神聖な遺産として大事にしたとしても、彼らにとってはもはや信仰の対象ではなかったのかも知れない。

ドルメンの運命とケルトの運命は重なり合っており、ドルメンの見つかるところケルトも見つかると先に述べた。スペインのガリシア地方は紛れもなくケルトの土地なので、ここにもドルメンが見つかるはずである。なるほど、ガリシアにもドルメンはあり、それは北部ラ・コルーニャ周辺に多い。それがアイルランドやブルターニュほど知られていないのは、規模が小さいからというより、この地方の古代文化に考古学者が関心を向けるのが遅かったからだ。

最近では発掘も進み、ごつごつした岩山から遺跡が次々に見つかっている。いくつかの岩山の上に集落の遺跡が見つかっており、その集落はカストロ（castro）と呼ばれている。カストロとは正確には「要塞」のことで、山の上だから見晴らしがよく、安全を確保できたのである。

とはいえ、カストロの遺跡には農耕の跡があり、考古学者によれば住民は一般に平安な生活を営んでいたというから、「要塞」という名称は不適当である。では、それがどうしてカストロ、すなわち要塞と称されるようになったのか。ローマ人が侵攻してきたからだ、というのが歴史学者の答えである。なるほど、カストロという言葉自体ラテン語、すなわちローマ人の言葉なのである。

繰り返すが、遺跡として見つかっている集落はケルトのものではない。農耕の跡があるから新石器時代末期、青銅器も使われ始めていた時代のものである。焼き物が作られ、人類が現代に通じる文化の基礎をつくった時代、群れから社会へと集団の形態が変わった時代。そのような時代につくられた山上の集落にのちにケルト人が住み着くようになり、そのケルト人がこれを要塞化し、侵攻するローマ人から自らを守ろうとしたと見れば、ようやく筋の通った話となる。

そうしたカストロの一つを昨年（二〇二一年）の冬訪れた。そのカストロはサンタ＝テクラ山の上にあり、カストロ・デ・サンタ＝トレガ（Castro de Santa Trega）と名づけられていた。山頂からはミーニョ川をはさんでポルトガルの集落が見える。川幅はそれほどでもなく、しかも頑強そうな橋もかかっていたので、向こう側へ渡るのは至極簡単に思えた。この地方の人にとってポルトガルがただの隣村に過ぎないことがよくわかった。

ポルトガルは西側だが、北側を見れば断崖絶壁の向こうで深く青黒い大西洋が荒れ狂っている。眼下の岩肌に激しくぶつかる波しぶきを見ると、いくら大航海時代とはいえ、こんな荒海をどうやって新大陸に向けて航海できたのだろうと思う。

山上の遺跡は農耕集落の遺跡で、発掘されたものをもとに再構築したものだった。ぐるぐると円く土地を囲んだ低い石垣が特徴で、その石垣は現代にまで残るガリシアの石垣の元祖という感じだった。だが、再構築された遺跡というものはどうしても味気なさが伴う。佐賀県の吉野ヶ里遺跡と同じで、見る人にはわかりやすくとも過去を過去として感じさせてくれないのだ。

世界のあちこちで、かつて存在した建造物を再構築する試みが観光目的で行なわれている。そうしたものは、しかし、訪れる人に感動を与えない。芭蕉の「夏草やつはものどもが夢の跡」ではないが、朽ち果てた、あるいは荒れ果てた城の残骸の方が、再構築された城よりはるかに感慨をもよおすのだ。

たとえば、私の住む唐津市には再構築された唐津城と、今は城跡の石しか残っていない名護屋城址とがある。唐津城は何の感慨ももよおさず、ほとんどテーマパークであるが、名護屋城趾にはかつてあったであろう城が想像され、そのだだっ広い空漠がかえって歴史の重みと儚さを感じさせるのだ。

カストロ・デ・サンタ＝トレガに話を戻すと、サンタ＝トレガすなわち聖テクラは山名で、山が聖なるものと感じられていたからこそ、そこにカトリックの聖人名が冠された。土地のケルト人は、カトリックに改宗したあともこの山を神聖なものとして崇めつづけたのである。

この山へ案内してくれたスペイン人が、「ガリシアでは山を聖堂（カテドラル）に喩える人がいるんです」と言った。私にはピンと来なかった。聖堂は人が造ったもので、山は人が造ったものではないからだ。

山上から上を見上げれば大空だ。夕方だったので雲と雲の切れ目から夕日が差し込み、金色の光がやわらかく谷底のミーニョ川に降り注いでいた。案内のスペイン人に、「やはり自然は崇高ですね。宗教心が湧いてきますよ」というと、至極満悦した様子で、「やっぱり、山は聖堂ですね」と言った。「また聖堂か」と私は苦笑いしたが、何も言わなかった。

遺跡の端っこに、遺跡で発掘された物品を展示する小さな館があった。最近造られたもののようで、建物は小綺麗、展示もよく整理され、展示物の解説もよく出来ていた。石器が多かったが、土器もあれば、青銅器もひとつふたつあった。

美しい人間の顔を彫り込んだ石もあれば、解読できない紋様の彫り込んである石もあった。それらの紋様は普通ペトログリフと呼ばれている。ペトロは石という意味で、グリフは彫り刻むといった意味のようだ。それらはアイルランドで見たケルトの神聖な象徴模様に似ていなくもなかった。日本の近代作家・志賀直哉は、中国の殷の時代の銅器を見て興奮したと言っているが、私がその展示館で見た石器の類は興奮とはほど遠く、むしろ心を鎮めるものだった。こんなに古いものが、こんなに古い顔が、今ここにいて私を見ている。山上の一室は冬だから観光客もなく、私はその静けさに沈潜した。

気がつけば、帰路に着く時刻だった。館の外に出て外壁に書かれた文字を読むと、「サンタ＝トレガ考古学博物館」と書いてある。なるほど小さくはあるが、博物館と呼ぶに値する展示の仕方であり、専門家の精査が行きわたっていた。

展示を見終わると、出口のところでずっと待っていた学芸員兼管理責任者らしき男性が急に近寄ってきた。

「展示にはありませんけど、この山はナポレオン戦争の時も重要な役割を果たしたんです」といきなり力を込めて言う。その声は展示物の説明をする時よりも張りがあり、「自分があなたたちに最も伝えたいのはこれなんだ」という口調であった。

「ナポレオン戦争」は普通スペインでは「独立戦争」(la Guerra de la Independencia) と呼ばれている。スペイン人にとって、ナポレオンの支配から独立するための戦争だったのである。ナポレオンはイベリア半島に「解放」の目的で侵攻してきた。スペインはこれに抵抗し、その侵攻を防いだのである。

ナポレオン軍を撃退したことはスペイン人にとって大きな自信となったし、スペイン・ナショナリズムを鼓舞するものともなった。そういう戦争を「独立戦争」と言ってしまうのは、人々に錯覚を与えるのではないだろうか。スペインが一時的にでもナポレオンに征服されたような印象を与えるからである。実際は、スペインの各地で猛烈な反撃に遭い、ナポレオン軍は征服するに至らなかった。「ナポレオン戦争」という名称の方がよいと思う。

ナポレオン戦争は、フランス革命の理念を世界中に広めようという理想をもった戦争であったかも知れないが、ナポレオンの身勝手な戦争であったと言うべきだろう。そもそも彼はフランス革命の精神を代表すると言いながら、皇帝として絶対君主になることを目指したではないか。誰が見ても明らかな矛盾をおかしていたのである。

同じ矛盾は民主化を唱えて他国を侵略するアメリカ政府にもある。というより、アメリカはナポレオンのやり方を無反省に踏襲しているのだ。日本の戦後も、そうしたナポレオン主義によって築かれた。そこに矛盾が蔵されているとして、少しも不思議ではない。

それにしても、スペイン人がナポレオンとの戦いを「独立戦争」と位置づけているのはなぜだろう。一つには、それほどにナポレオンに代表される勢力が強大であり、スペインは自己の独立性を脅かされたということであろう。もう一つには、これはどこまでスペイン人が意識しているかはわからないが、フランスは先進国であり、自分らは後進国だという意識があるにもかかわらず、他方ではフランス革命の近代主義など唾棄すべきものという国民感情があるからだと思われる。この第二の観点からすると、ナポレオンは「解放者」ではなく、幸福の破壊者だったことになる。スペイン人のいう「独立」とは、ヨーロッパ的価値観への追随の拒否を意味するのだ。

ナポレオンに攻められたことでスペイン人が国民意識を持つようになったことは間違いない。一方、ナポレオンはあくまでも「近代」を象徴する。しかし、そうはいっても、前に見たガリシアの詩人ロサリア・デ＝カストロのように、スペインのインテリ層はフランス文化を憧憬し、それを文化の範としている。ということは、彼らのフランスに対する感情は二律背反だということであり、この感情は今もなくなっていないと思われる。スペイン人にはヨーロッパに対する劣等感がある一方で、「スペインは世界一」という自尊心もあり、その相反する感情が「独立戦争」という表現を生み出しているのだ。

先の博物館学芸員の話に戻ると、彼によれば、ガリシアの山岳地帯はナポレオン軍を撃退する要塞として機能したという。ガリシアはナポレオンに抵抗するスペイン軍の本拠地となり、そこから兵を出してはイベリア半島北部、カンタブリアからバスク地方にかけての一帯で勇猛な戦いを展開したというのだ。スペインの他の地方はこのガリシアの例に倣ってナポレオン軍に抵抗した、と彼は強調する。ガリシア軍こそはナポレオン軍に抵抗し、それに成功した最初の民兵団で、それを自分は誇りに思っているというのだ。

あとで調べたのだが、その時ガリシア軍を指揮した人物の一人は、皮肉なことにイギリス人であった。イギリスはナポレオンを目の敵にしていたので、そうなったとしても不思議はないが、事の真相はわからない。歴史というものは私たちの人生と同じく複雑である。ひとつわかったかと思うと、次から次へと疑問が出て来る。

私にとってその学芸員の話で一番面白かったのは、彼の話しぶりであった。熱情に溢れるその声に、自分はガリシア人で、ヨーロッパ近代とは一線を画すのだという叫びが聞こえたのである。その声にはトルストイの『戦争と平和』（一八六九）を思わせるものがあった。ロシア人もまたガリシア人のようにナポレオンの侵攻と戦い、これを撃退し、彼らの「反近代」を守ったのである。『戦争と平和』を読めば、文豪トルストイにとってナポレオンが悪魔的狂人だったことがわかる。近代的なイデオロギーによって諸国民を解放した英雄というイメージは西ヨーロッパがつくったものので、それを呑み込むかどうかは国によって、民によって、ちがうということだ。

現在のスペインはヨーロッパ連合の一員であり、自分たちがヨーロッパ人であることを疑うスペイン人はほとんどいない。だが、イスラムが八世紀にわたって支配したイベリア半島の歴史を考えれば、この国が完全にヨーロッパであるはずがないのである。あくまで私見だが、スペインはロシアと並んでヨーロッパ的価値観に疑問符を突きつけることのできる少数国の一つである。そこに、この国の存在価値があると思う。残念ながら、そのように思うスペイン人は今やほとんどいない。

サンタ＝トレガのカストロを背に平地に降りたとき、すでに日は暮れていた。そこには見慣れた石造りのオレオとよばれる高床式穀倉と、キリストの受難を石に彫り込んだクルセイロとがかすかに黒い影を宿していた。石の多い、石の存在をあちこちに感じさせるこの地方は、人々の意識にのぼらない影の部分で新石器時代の魂を保ちつづけている。暗くなった道端に「私たちは初め石だった」という文字がうっすらと現れ、そして消えた。

ケルトの石

1　癒しの国

初めてアイルランドを訪れたのは一九九四年、日本ではすでにバブルが崩壊していた。当時私はパリにいて、自然がないことに疲れていた。アイルランドでは息がつける、そう思って旅立った。その時の旅行記にこう記してある。

雪が天から降りながら金色に輝く田園風景。この北の島国の、素朴で人情に厚い人々と一緒にバスに揺られながら、自然の姿に触れられることをこんなに喜んだのは、私がパリという人工都市にあって鬱屈していたからだろう。（『表層意識の都』一九九五）

そして、そのあとに、

自然が自然の美しさを示すのに躊躇しない、人間もまた躊躇しない、そういう世界に出会うことがまるで奇跡のように思えたのも、人工庭園の好きな、精神の内部まで加工しなければ気が済まないような西欧の大都パリの空気が、知らず私の体内にまで染み込んでいたからだろうとつづく。三〇年ちかく経ったいま読み返し、何も付け加えることはない。

だが、パリに疲れていたのは事実としても、なぜアイルランドだったのかと今にして思う。ほかにも地中海とか心を休める場所はあったはずだ。おそらくそれはアイルランドという未知の地に対する一種の郷愁があったからだと思う。未知への郷愁。考えてみればおかしなことだ。私の記憶の中のアイルランドはなにより丸山薫の「汽車に乗つて」(一九二七)という詩だった。

汽車に乗つて
あいるらんどのやうな田舎にゆかう
ひとびとが日傘をくるくるまはし
日が照つても雨のふる
あいるらんどのやうな田舎へゆかう
窓に映つた自分の顔を道づれにして

湖水をわたり　とんねるをくぐり
珍しいをとめの住んでゐる
少女や牛の歩いている
あいるらんどのやうな田舎へゆかう

多分、中学校の国語の教科書でこの詩を知ったのだと思う。詩というものに目覚め始めた頃のことだ。

この詩のほかに、同じ教科書には草野心平の「川面に春の光はまぶしく溢れ」と始まる詩も載っていたように思う。そこに出てくる「うまごやし」はいつまでも記憶に残り、今でも春になると野にその草を探す。ちなみに「うまごやし」は西洋からの移住植物で、江戸時代に入ったというから長崎経由であろう。私たちの野は、知らず国際化されてきた。

丸山薫について詳しくは知らないが、彼の「汽車に乗つて」がアイルランドを夢見させてくれたことは間違いない。「牧歌的」という言葉がぴったりの世界がその詩にはあった。だが、それだけでアイルランドへ行きたくなったのか？

中学生のころ世界の民謡が好きで、中でもアイルランド民謡を美しいと感じていた。歌詞に興味はなかったが、そのメロディーが優美で素直な感じがした。なかでも「ロンドンデリーの歌」(Londonderry Air)。世界的に有名なこの歌は、日本では「ダニー・ボーイ」(Danny Boy) として知られていた。

あとで調べたのだが、この歌にはいく通りもの歌詞があるようだ。メロディーが美しいと時と場所を越えてそれが広がり、その都度これに歌詞を添えたくなる人が出てくるのだ。

同じメロディーにいくつもの異なった歌詞が添えられるといえば、そもそも歌というものはそういうものかも知れない。日本の南西諸島では同じメロディーの歌がいくつもあり、ひとつ歌ができるとそれを伝承していくうちにヴァリエーションができる。アイヌ神謡なども同じような展開で、専門家はこれを「ヴァリアント」と呼んでいる。

もっとも、ヴァリアントは替え歌とちがって歌詞に多少の異同がある程度のものだ。「ロンドンデリー」の場合はヴァリアントがいくつもあるというのではなく、メロディーを愛した異なった土地と時代の人々が、意図的に別々の歌詞を作ったのである。よほど、このメロディーを失いたくなかったのだ。

ところで、メロディーを大切にするとは情緒を大切にすることだ。ある情緒が根にあって、そこから異なった言葉が枝となり、葉となって天にとどこうとする。アイルランドに生まれた「ロンドンデリー」がそのような性格のものならば、この歌を生み出した民はなにより情緒を大切にする民であるにちがいない。私の中でいつしかアイルランドは歌すなわち情緒と結びつき、未知の世界への郷愁に似たものが培われた。

ギリシャ哲学の雄プラトンは、「想起」（アナムネーシス）という言葉で未知への郷愁を表している。私たちがイデア界に至るその道程は、「想起」によるほかはないと言っているのだ。数学者の岡潔はこれを「未だ見たことのない母への懐かしさ」と表現した。なんとも美しい喩えである。

ところで、私がロンドンデリーの歌を好きだったのは、その題名に不思議を感じたからでもある。アイルランドなのに「ロンドン」とはおかしいではないかと。

これもあとで調べてみたのだが、デリーはDelhiと綴ればインドの首都デリーであるが、ロンドンデリーのデリーはDerryで、これは北アイルランドの町の名だそうだ。意味は「楢林」というから、つまり「ロンドン楢林」という名の町なのである。

では、どうしてロンドンなのか？　その楢林がイングランド国王の領地となったからだと地名由来辞典には書いてある。すなわち、その楢林は現在でいう北アイルランドにあったのだ。北アイルランドはイングランドとスコットランドとウェールズの連合王国の一部であり、それに属さないアイルランド共和国とは袂を分かっている。紛争で揉めた地区として有名だ。

丸山の詩に戻ると、「あいるらんど」をかな書きにしているのは童心のやわらかさを表したかったからだろう。したがって、それは郷愁と結びつく。

丸山は英文学を知る人だったから、アイルランドの天候が変わりやすいのを知っていたのかも知れない。それゆえ、「日が照っても雨のふる」となるのだ。日が照っても雨が降るとき、空には虹が見えたりする。晴れ渡った空よりも、はるかに情緒的である。

丸山のアイルランドには「湖水」があり、「珍しいをとめ」が住んでいる。「少女や牛」も歩いている。なにやらイングランドの湖水地方と重なるイメージで、ロマン主義の詩人で「田園への招待」を書いたワーズワスを思わせるものもはめ込んである。つまり、本当はアイルランドはどうでもよくて、「未知の田舎へゆかう」と歌っているのである。

さて、実際にアイルランドへ行ってみて、どう思ったか。「自然が自然の美しさを示すのに躊躇しない、人間もまた躊躇しない、そういう世界」だったと彼の地へ初めて行ったときの私は書いている。人は自分の求めるものを見出すのみで、それ以外のものは眼に入らないのにちがいない。私はアイルランドに自分の夢を当てはめただけなのである。

2　スコットランド

夏目漱石の「永日小品」（一九〇九）は実験的という印象を与える作品集だ。彼の小説に見られるぎこちなさが詩的精神のかげに隠れて見えないという点で、私にとっては好ましい部類に属する。中でも「昔」という文章は彼がロンドン時代、その暗さと冷たさを逃れてスコットランドに旅したときの心の慰みを表したもので、共感できるところがある。

スコットランドは当時すでにユナイテッド・キングダム、すなわち連合王国の一部であったが、アイルランドと同じくケルトの国である。そのケルトの風に、夏目金之助という明治日本の留学生は癒やされたのだ。

「昔」の冒頭を引く。

ピトロクリの谷は秋の真下にある。十月の日が、眼に入る野と林を暖かい色に染めた中に半途で包んで、直には地にも落ちて来ぬ。と云つて、山向へ逃げても行かぬ。風のない村の上に、いつでも落ち着いて、霞んでゐる。その間に野と林の色がしだいに変つて来る。酸いものがいつの間にか甘くなるやうに、谷全体に時代がつく。昔、二百年の昔に帰つて、やすやすと寂びてしまふ。人は世に熟れた顔を揃へて、山の背を渡る雲を見る。その雲は或時は白くなり、或時は地を透かせて見せる。いつ見ても古い雲の心地がする。

「ピトロクリ」はスコットランドの村で、Pitlochryのことだ。

そのような僻地の小村に、どうして漱石は行こうと思ったのか。これについては、稲富孝一氏が詳しい。氏によると、どうやらこの旅は岡倉天心の弟の岡倉由三郎が薦めたようで、漱石が精神的に行き詰まっているのを見かね、兄の知り合いで日本文化通のスコットランド人ジョン・ディクソンに漱石を招待するよう依頼したというのである。

さて、見知らぬ土地に過去の歴史の跡を求めるとは芭蕉が東北地方で試みたことだが、その追体験を異国でしてみようとしたのが漱石ならぬ夏目金之助である。ロンドンのスモッグと蒸気機関車の騒音をのがれ、田園らしい田園にたどり着きたかったのだろう。

だが、それがスコットランドであるからには、やはり征服された民の地を訪れたかったと見ることもできる。「昔」という文章の終わりの方に「高地人と低地人」が「キリクランキーの狭間」で戦ったことが書いてあるのは、偶然ではない。

「高地人」とはハイランダーと呼ばれるスコットランド北部の山岳地帯に住む人々を指し、文章に出てくる「主人」のようにチェックのキルトを腰に巻いている。つまり、ケルト文化の継承者たちなのである。一方の「低地人」とはスコットランド南部の平地の人々を指し、彼らはイングランドの文化の影響を強く受けている。同じスコットランドのなかでのこの二つの勢力の戦いは、いわばスコットランドの南北戦争だったのだ。こうした戦いの歴史に、漱石は興味を抱いた。

どうしてそんな異国の過去に興味を抱いたのか。「倫敦塔」を読んでもわかるように、漱石は血なまぐさい過去の痕跡をたどることが好きな作家だった。そこに人類の真実を見ようとしたのかどうかはわからないが、ただ単に美しい自然を求めてスコットランドを訪れたわけではないのだ。

それゆえ、キリクランキーの戦いによって「屍が岩の間に挟」まり、「岩を打つ水を塞」いだ結果、「高地人と低地人の血を飲んだ河の流れは色を変へて三日の間ピトロクリの谷を通つた」と記すことになるのである。

「谷全体に時代がつく。昔、二百年の昔に帰つて、やすやすと寂びてしまふ」とのどかなピトロクリを描いたはずの彼が、心休まる「昔」の奥底に流血で「黒」くなった「河」を見てしまう。作品の末尾は以下のようである。

自分は明日早朝キリクランキーの古戦場を訪おうと決心した。崖から出たら足の下に美しい薔薇の花弁が二三片散っていた。

足下に散る「薔薇の花弁」は激戦を物語る血痕であったにちがいない。

「昔」のなかで興味深い箇所として、漱石がケルトの「主人」の服装に触れているところがある。

腰にキルトといふものを着けてゐる。俥の腰掛けのやうに粗い縞の織物である。それを行燈袴に、膝頭まで裁つて、竪に襞を置いたから、膝脛は太い毛糸の靴足袋で隠すばかりである。肉の色に恥を置かぬ昔の袴である。

ハイランダー（高地人）のキルトについての描写だが、これを「肉の色に恥を置かぬ昔の袴」と表現しているところが面白い。「肉の色に恥を置」くイングランド、とくに漱石が知ったヴィクトリア朝のイングランドが言外に対比されているのである。

漱石はロンドンでこのヴィクトリア朝の大英帝国に圧しつぶされる思いをしたようである。だからこそ、ハイランダーの自然な風習に共鳴し、そのハイランダーと低地人との戦い、ケルトとイングランドの戦いに興味を抱き、やがてはイングランドに服従していくスコットランドの血に染まる「黒い河」に自らの血流を見出したのである。

とはいえ、彼が自らの異邦人感覚をイングランドに支配されたケルト人に重ねたと見るだけでは不十分だろう。のどかだった江戸情緒が急激な近代化で喪失されていく日本の運命をそこに重ねたと見るほうが、少なくとも近代日本の運命を考えつづけた彼のような作家にはふさわしいと思われる。

3　ケネス・ホワイト

ケネス・ホワイトというスコットランドの詩人がいる。フランス生活が長く、フランス語でも英語でも書いている。詩人であるだけでなく、ジェオ＝ポエティックスという一種の文化運動も起こしている。これを思想運動というべきか、詩想運動と呼ぶべきか、どちらでもよい。

日本ではあまり知られていないホワイトだが、日本列島東北部に関心があるようで、その源はどうやら芭蕉の「おくのほそ道」にあるようだ。英訳で読んだのだろう。かつて彼の『青い路』（La route bleue 1983）という本を読んだことがあるが、そのなかで彼は地球上で詩の生まれやすい地域の一つとして日本列島の東北部を挙げていたように思う。

しかし、これは私の思いちがいであって、東京在住のあるフランス人が「ホワイトの本で芭蕉とアイヌを扱っているのがあって、『野生の白鳥』(Les cygnes sauvages 1990)というタイトルだよ」と教えてくれた。私はハッとして、かつてパリにいた時その本も読んだことがあるのを思い出した。だが、本棚をいくら探してもそれが見つからない。あの本、たしかにパリで買ったと思うのだが、手元にない。題名の「野生の白鳥」は、今思えばシベリアから北海道に毎年やってくるオオハクチョウを指しているようだ。

ちなみに、この本を教えてくれたフランス人は、フランスのアイヌ研究者リュシアン＝ロラン・クレルクのことも教えてくれた。そのクレルクがホワイトの著書に言及しているのをインターネットで見たのだそうだ。

ケネス・ホワイトはフランスではよく知られている人物のようで、私がパリで彼の本を買ったのも、とあるフランス人から薦められてのことだった。フランス人といっても実はイスラエル国籍で、ズュッケルというドイツ系ユダヤ人であった。

ホワイトは『青い路』で北米先住民族の神話世界に言及している。アイヌ民族はベーリング海峡の西と東にまたがる北方民族の一つであるから、北米の先住民(インディアンと呼ばれてきた)ともつながる。一説では、イヌイット(かつてはエスキモーと呼ばれていたが、どうやらエスキモーはいくつもの異なった民族の総称のようだ)とアイヌとは同根異語だそうである。その意味は「人」ということだそうだ。

一方の『野生の白鳥』は、芭蕉の句とアイヌ文化を結びつけて解釈した本と言ってよい。とくに芭蕉を論じているわけではなく、日本列島東北部の人々の自然観を語ることでホワイト自身の自然観や詩歌観を語っているのである。そこには深い雪とともに岩石や磁力にも触れている箇所があり、その部分が読んでいて興味深かった。

それにしても、芭蕉をアイヌで読む、あるいはアイヌを芭蕉で読むとは不思議なことではないか。「そんな馬鹿な」とそっぽを向く人が多いであろうが、私にはわかるような気もする。「みちのく」は道の奥であって、平泉の藤原三代の栄光の影で終わるものではなく、さらにその奥がある。つまり、「奥」とは蝦夷＝アイヌの土地のことだ。

宮沢賢治は妹のトシが亡くなったあとサハリン（樺太）に旅している。「みちのく」の人であった彼は、妹の霊魂との交信を求めてさらに北へ、さらに奥へと行ったのだ。サハリンにはアイヌがいたはず。しかし、アイヌはついに彼の詩に出て来ない。

一方、先述のホワイトはアイヌの存在をチェーホフの『サハリン島』（一八九六）を読んで知ったようで、知里幸恵のアイヌ神謡が西洋語訳されたのはつい最近のことだから、それを読んでいたはずがない。ホワイトがアイヌ神謡を読んでいたら、これぞ自分の求めていた詩だと快哉したであろう。

ホワイトの詩歌観は文字を持たなかった先住民族の歌、文明世界の詩歌のかげに隠れて見えなくなっている人類の声、そうしたものに基礎を置いている。彼の主唱するジェオ＝ポエティックスを、私はそのように理解している。

ジェオ＝ポエティックス（geopoetics）は直訳すれば「地球詩学」となる。その著書『パノラマ・ジェオ＝ポエティーク』（二〇一七）の末尾に、次のような言葉が見つかる。

私たちがいう世界とは空間であるだけではなく、場所です。空間というのは究極数式で表せる種類の抽象概念です。場所というのは私たちが生きる具体的な空間です。空間は抽象的だから何にでも開かれていますが、場所は私たちが住むところだから、そうはいきません。

フッサール的にいえば、場所は人間の意図的な営みによって出来ていくのですが、空間はその外にある一種の環境です。空間にはなにがあるかわからず、特定の場所に住む人間にとっては恐れ多いものです。人はある場所に居つづけることで安心するのです。

場所というものは限られた空間ですが、ホワイトヘッド的にいえば、宇宙の流れに属しています。それだけに、そこから哲学が生まれ、システムが作り上げられるのです。

私個人の場合を言えば、私はまず場所のなかでも特定の位置に身を置きます。毎日、私は海に臨む崖の上に立つことにしています。すると、まず空間という漠然としたものを感じます。次に、海岸線をたどり、陸地が海に接する線を追っていくと初めて場所というものにたどり着きます。場所はたくさんあり、それぞれに特徴がある。そのそれぞれの場所にはいろいろなものがあり、人も住んでいます。その時初めて私は「風景」というものを知り、同時にそこから受ける「心のイメージ」をも知り、またそれを表そうとする「言葉の世界」にも巡り合うのです。

こうして、私はひとつの世界をつくり出す。その世界はもちろん人間的なものですが、同時にあまり人間的であってはならないものです。

これを読むかぎり、ホワイトは詩人であると同時に哲学者だとわかる。ホワイトヘッドやフッサールが出てくるからではない。自分と世界とを結びつける糸を、自分なりに見つけようとしているからである。彼の用いる言葉のひとつひとつが明確で、すっきりしている。やたらに抽象概念に溺れることなく、それこそ地球詩人らしく、具体的な自然風景を心に刻んで語っている。

彼が「空間」と「場所」を分けている点にも注目したい。生きられないけれども想像できる抽象空間と、人や動植物が生きている具体的空間とを区別しているのである。前者は数学と物理学が追究し、後者は私たち生存する存在が経験する世界だ。

では、詩とはなにかというと、その二つを結ぶものが詩だと彼は捉えている。詩が具体的にして同時に抽象的なものを指し示すことができるのは、それが空間と場所を結びつけて表現するからだというのである。

彼の言葉をたどれば、詩とは風景が心に刻むイメージを言葉にすることになる。だが、風景にも、心象にも、単なる生活空間以上の漠然とした世界が含まれている。形而下的であって、同時に形而上的なのだ。詩とは本来そういうもので、そのような見地から詩を見直さねばならないと彼は主張する。

「場所というものは限られた空間ですが、ホワイトヘッド的にいえば、宇宙の流れに属しています。」

この言葉はさりげなく語られているが、極めて重要である。「宇宙の流れ」のなかに銀河系があり、太陽系があり、地球があることを示唆しているのだ。私たちの住処、すなわち「場所」は地球上の一点に過ぎないが、それが「宇宙の流れ」のなかにあると自覚できるなら、私たちはとてつもなく大きな自由とつながっており、同時にとてつもなく謙虚にもなれるというのである。

日本の東北地方の詩人、宮沢賢治はそのことを以下の言葉で表している。

まづもろともにかがやく宇宙の微塵となりて無方の空にちらばらう
しかもわれらは各々感じ　各別各異に生きてゐる
ここは銀河の空間の太陽日本　陸中国の野原である
青い松並　萱の花　古いみちのくの断片を保て

（「農民芸術概論綱要」一九二六）

ホワイトはこういう詩人と出会いたかったろうと思う。

ホワイトが好きな言葉に「僕たちの歩く舗道の下には海岸があった」というのがある。彼はこの言葉を一九六八年のパリ五月革命のときに知ったという。「舗道」は人為であるが「海岸」は自然である。その自然とは地球であり、宇宙の流れの微小部分なのだ。

もっとも、「海岸」で止まっては「人間的」に過ぎる。海岸の下には海底があり、海底の下には巨大な岩石であるマントルがあり、マントルの下には鉄のどろどろした熱球である核があって、それが宇宙の流れを反映し、地球全体を生きたものにしているのだ。

五月革命に共鳴するホワイトは、そうしたことまで念頭に置いていたとは思えない。「ジェオ＝ポエティックス」の「ジェオ」はギリシャ語の「土地」あるいは「地球」を意味する語で、地理はジェオ＝グラフィー、地球物理学はジェオ＝フィジックスとなるが、彼は地質学を、天文学を、どれくらい知っているだろうか。

ホワイトがスコットランド出身であることから、彼をケルト文化と結びつけて理解する人もいる。ケルト文化が人間と自然の結びつきを重視する文化、水や岩を崇拝する文化であると知る人なら、そうしたくなるのも当然だ。

しかし、彼が目指しているのはケルトとかアイヌとかを超えた地球そのものであり、同時に彼の住むブルターニュ地方の小村でもあるのだ。彼をケルトに結びつけ過ぎては彼の意向に反するだろう。

ところで、ホワイトの目指すところはわかるとして、彼の詩はそれをどういうふうに表しているのか。というより、彼の詩はどんな詩なのか？　時と場所によってその詩風も変化しているとは思うのだが、初期の英語の詩を訳すとたとえば以下のようになる。

ここに日が昇る
白い海のオルガンが唸り声を上げ
生誕祭の岸辺に鳴りひびいている
柊や蔦の林を通って
川も小波を立てて
真赤なイバラをくぐり
そうだ、これで僕は自分に還れる

（サクラソウの丘）

ここにはキリスト教化されたケルトが見える。日が昇り、白い海が唸り、その唸り声がキリスト生誕の日の岸辺から柊《ひいらぎ》の林を通るのだから、まさにクリスマスなのである。

もっとも、最後に「そうだ、これで僕は自分に還れる」とあるから、ようやく詩人は自らを取り戻している。生誕祭の日に自然というものを自らのものとしたという意味での祝祭を表しているのだ。その祝祭はしたがってキリスト教のそれであるだけでなく、ケルトのそれでもあることになる。

もう一つ紹介しよう。

この何にもまして聖なる岩
このフジツボの王冠を被った
藻のからまった
硬くて尖った、そして年老いた
あらゆる天候に耐えてきた石
それが僕という
男にして詩人が
清らかな世界と
ぶっきらぼうな交わりを結ぶ
祭壇なのだ

（アルス・ポエティカ）

ここにもキリスト教が顔を覗かせている。「交わりを結ぶ」（communion）とはカトリック教会でいう聖体拝領のことで、カトリック教徒は教会で神との交わりの儀式を、聖なる御神体を口に食むという象徴的な儀礼をとおして「祭壇」（alter）の前で行う。ホワイトは波の打ち寄せる海辺の岩にそれを模しているのだ。

これはキリスト教化されたケルトの詩なのか、それともその逆で、ケルト化されたキリスト教というべきか。いずれにせよ、この詩で聖なるものとされているのが「岩」であり、「石」であることは揺るがない。

ホワイトが自身をこの詩で「詩人」であると規定しているのは、彼が詩人というものを自然界の神聖を感じ取り、それを保存すべく言葉にする人だと理解しているからだろう。言い換えれば、詩人とは彼にとって自然宗教の司祭なのである。その意味で彼の詩は宮沢賢治に遠くはない。賢治の自然には仏教の世界観が喰い込んでおり、それだからこそ形而上的な宇宙の広がりを持つ。そこには、文明の宗教と交差する自然宗教の心が見える。

もっとも、賢治には自分を「詩人」と規定する意図はなかったし、ホワイトの自己意識に相当するものもない。賢治の地質学的世界観、宇宙論的生命観は、ホワイトよりはるかに広大であり、より自然哲学的なのである。ホワイトにはいつまでたっても消え去らない西欧近代がつきまとっている。そこに彼の小ささがある。

岩を、石を、いくら神聖なものと感じ取ろうと、それを表現する彼の言語は近代化している。具象がそのまま抽象であるような神話世界の言語は、ついに彼が手に入れることのできなかったものなのだろう。

ちなみに、先に引用したホワイトの詩句は、彼の初期詩集『心のままに』(En toute candeur 1964) からとったものである。

4　石工の末裔

初めてアイルランドに行った時はパリからの小旅行で、イングランド側の海に臨む首都ダブリンとその近郊しか見なかった。ずっと後になって、日本から再訪したときはもっと奥まで行き、大西洋岸のゴールウェイ、さらにモハーの断崖とか巨石墓で知られるコネマラなどを訪れた。旅行としての規模は二度目の方が大きかったが、一度目の新鮮な印象はいつまでも消えない。

その印象はウィックローから来ていた。ダブリンからバスで一時間ほどすると、田園というよりは山岳地帯の麓の村があり、それがウィックローだった。求めていたのは静寂。パリの喧騒から逃れたかったのだ。

あとで調べると、ウィックローは村の名ではなく、地方の名あるいはその地方の中心都市の名だった。日本的に言えば「ウィックロー県」で、私がバスを降りたのはその県の中心ウィックローという町だった。

町ではなくて村だと思ったのは、降りたのがウィックロー山系の登山口だったからで、そのままバスに乗り続けて終点まで行けば、ウィックローの中心街にたどり着いたにちがいない。

ウィックローで感じたのは、自分が住んでいたパリがいかに文明都市だったかということである。文明世界はすべてが抽象的で、自然がないどころか、自然がないことを誇りにするのだ。自然とは身体のことである。とすれば、パリ人は身体を持たず、頭脳しか持たない連中ということになる。

むろん、こうしたことはあくまで私の個人的印象で、真実はこれとは異なるにちがいない。同じパリでも周縁部のアフリカ移民街などはまったくちがった雰囲気を醸し出している。しかし、当時の私はパリで自然への飢餓を感じていた。そしてその飢餓感が、私をアイルランドはダブリン近郊のウィックローに導いたのだ。

ウィックローにはたしかに自然があった。樹が多く、泉もあった。リュックサックを背負った若者や、ハイキングを楽しもうという家族連れなど、誰もが穏やかそうな顔をしており、この国の人はいい顔をしていると思ったものだ。

山へ登ろうかとも思ったが、帰りのバスもあることから、まずは土地の人に尋ねてみようと思った。幸い、バス停の近くに木造の大きな家屋があり、看板に「お茶とスコーン」と書いてあった。中に入って、店の主人らしき人に尋ねてみた。

「この辺では何を見たらいいでしょう。」

「どこから来たの？　日本人？」

親しみのこもったこの応対にまず驚いた。パリではこんなふうに聞かれたことがなかったからだ。人に対する興味を完全に排除した町、それがパリだった。

「そうだね、山登りしないんだったら、ここからもう一度バスに乗って、グレンダローまで行ったらどう？　帰りはグレンダローからダブリンまで直行が出てるし。」

なるほど、土地の人に聞くのが一番だ。グレンダロー、名前は知っていたがまさか今回行くとは思っていなかった。

「バスは始終出てるんですか？」と聞くと、主人は壁に貼ってある時刻表を睨んで、「あと三〇分ある。お茶でも飲んではいかが？」と空いたテーブルを指差した。すすめられるままに腰掛け、お茶とスコーンをいただいた。

とはいえ、スコーンが何なのか知らなかった。出された時は、「へえ、これがスコーンか」と思って食べた。その後何度か日本でもスコーンなるものを食べたが、あのウィックローで食べたものほど大きいのは一度も食べたことがない。一つ食べるのがやっとの大きさだった。

グレンダローに着いた時は昼を過ぎていた。スコーンで腹一杯だったので、すぐに名所見物を始めた。観光シーズンでなかったせいか人が少なく、ここでも静寂を味わった。

そこでの名所は聖ケヴィンが建てたという古い教会で、アイルランドにおけるキリスト教を代表する中世の建造物だった。名所案内には「アイルランド人の信仰の拠点、歴史の苦境を乗り越えるための精神の源泉」と書かれてあったが、それらの古い聖堂が素朴な石で造られていなかったなら、そういう名所にはならなかったのではないか。それほどに、石ばかりが印象に残った。

先述のスコットランド人ホワイトの詩ではないが、「何にもまして聖なる」「硬くて尖った、年老いた　あらゆる天候に耐えてきた石」という表現がこのアイルランドの石にも当てはまる。そして、スペインのガリシア地方の石と同じく、ここでも石は黒ずんでいた。冬場に雨が多い地方というから、当然だろう。

それらの石は「聖なる岩」というよりは「神さびた石」というほうが適切だった。『古今集』に「いそのかみ古りにし恋のかむさびて」というのがあるが、そもそも「いそのかみ」は「石上」と書く。それが古びていけば神さびるのも当然であった。

現代のケルトの末裔に「あなたは石を信仰してますか」と尋ねても怪訝な顔をするだけだろう。よほどのスノッブでなければ、「はい、もちろん」などとは言うまい。「信仰」という言葉は彼らの中では教会、カトリック教会と結びつき、彼らにはそれ以外は考えられないのだ。あのケネス・ホワイトでさえ、聖なる岩を「祭壇」と呼び、カトリックの聖体拝領と結びつけているではないか。

伝統というものは意識されない深層に生き残るもののようだ。アイルランドの誇る大作家とされるジェイムズ・ジョイスの祖先がコネマラの石工だったと知ったら、人は驚くだろうか。石工とは単に石を細工する人ではない、石に精根傾けて何かをこしらえる人である。ジョイスの中にはおそらくその石工の魂が住みついており、それが彼をして石器時代の夢を現代に彫り込む作業に駆り立てたのだ。

アイルランドの首都ダブリンの街を歩くとあちこちにジョイスの肖像がある。まるでほかにアイルランド作家は存在しないかのようだ。市の観光課は観光客はジョイスぐらいしか知らないと高を括っているのかもしれないが、同時にジョイスをもっと知ってほしい、と世界に売ろうとしているようにも見える。

ジョイスはダブリンとその住民しか描かなかった。故国を捨て、イタリア、スイス、パリと彷徨したにもかかわらず、故郷のダブリンばかり描いた。故国を捨てるとは母語を捨てることであろう。母語を捨てても残る英語という言語の可能性を発見することを、彼は自らに課したといえる。彼に残ったのは時空を超えて生きつづけるダブリンと、その言語だった。

だが、そのダブリンは永遠の異郷でもあった。そうだからこそ、『ユリシーズ』(Ulysses 1920)の主人公は生粋のダブリン子であってはならず、さまよえるユダヤ人、レオポルド・ブルームでなくてはならなかったのだ。

私はこの長々しい小説のどこが面白いのかと思うのだが、それでもジョイスの気持ちがわからないではない。「私のために、ふるさとには死んでもらいます」という言葉は、彼の気持ちの一端をのぞかせてくれるし、一見して言葉のあやにすぎない表現の連続も、言語という不可思議なものと格闘する孤独な人間の苦しみを伝えるものだ。

『ユリシーズ』の一節を引こう。


「私は山に咲く、そう、花でしたよ、あのアンダルシアの娘たちがするように、私も薔薇の花を髪にかざしてみましたの、あ、そうか、それなら、そうという真赤なそれをかざしてみようか、彼がムーア人の城壁の下で私にキスしたんだ、ちょうどそのとき思った、この人もまた、ほかの誰でもよかったひとりなんだと、で彼を見つめて、そうなの？　と聞くと、僕の山の花よ、そうだと答えておくれと、で、（…）

ここで何度も出て来て目に焼きつくのは、「そう」（Yes）という言葉だ。世の中で最も好きな言葉はと聞かれたあるアメリカの著名人が「はい（Yes）という言葉です」と答えるのを聞いたことがあるが、英語のYesはおそらく全肯定、絶対肯定なのだ。

アイルランドの女性が花を髪にかざした途端にアンダルシアの娘に変身し、途端にムーア人（スペインを征服したイスラム＝アラブ人）の構築した城壁のほとりで男にキスされる。その喜びの全肯定が「はい」なのだ。「この人もまた、ほかの誰でもよかったひとり」だからといって、彼女を浮気女と思ってはならない。男性への、世界への全肯定である。

ジョイスは生きる、旅する、人と関わる、そこから何かをつねに得る。それゆえ、「何かを学ぶには謙虚じゃなきゃならない。人生に対して。人生こそは最大の教師なんだから」となるのだ。苦悩も、歓喜も、等しく価値があるということだろう。

このような思想を抱く作家を、同じくアイルランド出身でケルト文芸運動などを起こし、ケルト文化の精華を世界に発信したイェイツと一緒にしてはいけない。ジョイスは隠れケルトであり、イェイツは先祖がアイルランド征服者であるイギリス人であったからこそその公然たるケルト。この二人は似ても似つかない。

先にも述べたが、ジョイスがコネマラという巨石墓で知られる地方の石工の子孫であったことを忘れてはならない。ジョイスこそはケネス・ホワイトがいう生活の「場所」としてのダブリンを持ち続け、そのダブリンの地下深くに「宇宙の流れ」を感じとる作家だったのだ。

ところで、石工のことを英語ではメイソン（mason）という。フリーメイソンのメイソンである。秘密結社的な友愛団体だが、国境を越え、宗派を越えるため、ナショナリストや教会勢力からは敵視されてきた。世界中に存在するロータリー・クラブはこのフリーメイソンから派生したもののようで、密かにフリーメイソンの会員となっている日本人もいると聞く。

ヒトラーが近代オリンピックはユダヤ人とフリーメイソンがでっち上げたものだと主張したというが、もしそれが本当なら、フリーメイソンの力は相当なものと言えるし、またユダヤ人とどこかで接点があることにもなる。ジョイスが設定したユダヤ人のレオポルド・ブルームはフリーメイソンの具現者だったのか？　作家が石工の子孫だったとすれば、あり得ないことではない。

対馬の石

1　岩の島

対馬は岩の島である。五月の半ば、梅雨入りの少し前だった。玄関口と言われる厳原へ入港するときだ。船が近づけば近づくほど、海からいきなり突き出た巨大な岩石が驚くほどの緑をたたえて上からのしかかって来た。この島の九割が山であると聞いていたが、ほとんど十割に思えた。それほどに平地が見えなかった。

私の知る山というものはアルプスのような高嶺の連なりか、あるいはどこにでもある土の盛り上がった小高い丘である。ところが、対馬の山は岩そのものだった。

その岩石の素肌を覆い尽くすように樹木が生い茂っている。その緑は深く、力強く、こちらを押して来る感じであった。眼の保養といった生やさしいものはどこにもなかった。

船を降りると、港沿いは多少の平地はあったが、少し歩けばすぐ上り坂となった。宿で一休みし、かつての藩主・宗家の墓地へ行ってみた。そこも上り坂だった。のぼっていくと、さきほど船から見た時の印象が蘇る。すべて切り立った岩山で、それを緑が覆い隠しているのだ。

山、岩、樹木が人を凌ぐ。それでも人はなんとか自分たちの領分を守ろうとする。その痕跡が道端の小さな神社に見つかった。凸凹の石を重ね合わせた石壁が、大きな楠の力に押されながらもなんとか身を支えているのだ。ごつごつした、大きさも不揃いな石の群れ。

この島の石は泥を含んでいない。それがゴッゴッした感じを与える。「本土」の石は多分に泥を含んで見えるのだが、対馬の石はよほどに古いのか、固く凝縮している。

厳原には最近つくられた立派な博物館がある。相当に金をかけたようだ。中身もよいと思ったが、その周囲の石壁のほうが印象に残った。デコボコした石の積み重ねの隙間を這う緑色の太い紐。よく見れば蛇だった。苔の生えた石もあった。雨後のせいか、黒ずんでいた。「ここの石は呼吸している」と思った。

対馬には「石焼き」と呼ばれる料理法がある。熱い岩盤のうえに厚く切った生魚を載せ、その岩盤を下から火で熱し、魚がほぼ焼き上がったらタレにつけて食べるのだ。なんとなく石器時代を思わせるが、島の人に言わせれば一種の贅沢だそうだ。

東靖晋《あづまやすゆき》に『最後の漂海民《西海の家船と海女》』（二〇一八）という本がある。その前半は長崎県西彼杵《そのぎ》半島の海人の話で、後半は対馬の海人の民俗誌である。調査対象となる人々に接する著者の温かみが感じられる好著で、氏によると対馬の海人と西彼杵の海人とは相互に連絡があった。海人の本拠地は韓国の済州島だというから、済州島と対馬、そして西彼杵の三点が一つに結ばれる。

本の前半の終わりに「石鍋」というのが出てくる。石鍋は西彼杵に見つかるのだそうだが、これを著者は韓国の石焼きビビンバと結びつけている。なるほど西彼杵と対馬には連携があり、対馬と韓国は目と鼻の先なので、西彼杵から韓国まで同じ石の文化圏と見てよいことになる。

対馬と韓国は目と鼻の先と言ったが、新型コロナウィルスが流行するまでこの島には年間四〇万人を超える韓国からの観光客が押し寄せていたという。初めは釜山からわずか四〇キロの上対馬の比田勝に、やがて対馬人気が高まるにつれて厳原にも航路が拡張されたそうだ。

比田勝まで日帰りという観光客も多かったようだが、最も簡単に行ける外国をもっと探訪したいという気持ちが起こると厳原まで南下する観光客も増えた。厳原には韓国人向けの免税店まである。

私が行った時は新型コロナのせいで韓国人観光客は皆無、日本国内からの旅客もたいして多くなかった。しかし、年間四〇万という韓国人観光客が対馬にとってかなりの収益をもたらすことは疑えない。店や観光案内所や道路標識にハングルが目立って当然なのである。比田勝と厳原には、在日韓国人の団体である「民団」の事務所まである。

そういうわけで、対馬は日韓の架け橋と呼ばれるにふさわしいのだが、人口が全島で三万人を切っているというのだから、自分たちの数より一〇倍以上多い韓国人が訪れるとなれば島民が韓国人に支配されていると感じておかしくはない。「国境の島」と銘打って日韓両国の友好の象徴を売りにしているが、島民の本音はどんなものだろう。

タクシーに乗る機会があったので、中年の運転手にそのことを聞いてみた。すると、すぐさまこんな答えが返って来た。

「韓国との付き合いは古代からですからね。いつも国と国がもめると、私たちが苦しむんです。昔は李承晩なんてとんでもない奴がいましてね、勝手に対馬を韓国領だと主張した。幸いその案は否決されましたけど、今だって韓国には対馬は韓国の領土だと叫ぶ連中がいるんですよ。冗談じゃありません。」

そのあと、その運転手は渋い顔をしてこうも言った。

「厄介なのは、あの人たち、医薬品その他たくさん買って帰るもんですから、それで潤う島民もかなりいるわけです。それにしても、二〇〇〇年の付き合い、長すぎませんか?」

こういう悲痛な声を耳にすると、この島はあまりにも大変な歴史を生きてきたと思ってしまう。沖縄とはちがった意味で苦難の連続であったことが思いやられる。

博物館に行った時、そこに勤める歳とった男性に同じ話題を振ってみた。するとこの人、先のタクシー運転手とはちがった見方を披露した。

「韓国人観光客が来なくなったからといって、対馬経済が落ち込むことはないですよ。観光でもうかるのは島民のごくわずか。この島の経済は漁業で成り立ってるんです。島民の七割が漁民なんです。私だって、休日になれば魚を釣る。それで一週間は食べていけるんです。うまい魚を食べて、いい空気を吸って、山歩きをする。これが対馬での生き方ですね。」

この人にとっては歴史の悪夢さえも海の中に消え去ってしまうもののようだった。だが、こちらの方が正当な意見だとも思えなかった。先のタクシーの運転手の悲痛な声も、この悟ったような明朗な声も、どちらもが対馬の声のように思えた。

それにしても、仮に対馬島民の多くが韓国人や韓国に対して反感を抱いているとしても、それを「本土」の一部の日本人が抱く反韓感情と一緒にしてはいけないだろう。対馬の人々は韓国と韓国人を我が身に引き受けているのであり、韓国はいわば彼らの骨肉の一部になっている。二律背反という言葉があるが、まさに彼らにぴたりと当てはまる語なのである。私のような余所者はその辺の事情がわからず、彼らの沈黙の背後にある複雑な感情を読みきれない。

厳原から車で二時間の比田勝に行ってみた。厳原以上にハングルが目立つ。ちょうど昼飯どきだったので食堂を探した。月曜だったのでどこも閉まっていると言われた。それでもスーパーのレジで聞くと、空いている店を教えてくれた。

そこへたどり着くと、入口付近に客が並んでいる。そのうちの一人が、厳原で同じホテルに泊まっている人だった。「どちらから?」と聞くと、「大阪」という。大阪から博多まで新幹線で来て、それからジェットフォイルに乗ったのだという。厳原からはレンタカーで比田勝まで来て、丘の上から釜山を眺めたそうだ。

「よく見えないでしょう?」とこちらが言うと、「ぼんやりだけど、見えましたよ」と返ってくる。ようやく順番が来て一緒にテーブルを囲むことになり、食べながら話をつづけた。

なかなかに面白い人だったというのも、この人も私と同じく対馬の岩石に感動していたからだ。

「なんと言っても、ここは岩ですな。岩の凄さを感じますわね。この島の人まで、まるで岩のように黙りがち。」

この洞察には驚いた。言われてみれば、私もそういう印象を抱いていたのだ。

「だって、岩ばかり見ていたら、そうなるでしょうが。海は黒くて怖い。岩も上からのしかかる。すれば、黙るほかないでしょう」とその人は言った。

「でも、それは過去の歴史のせいかもわかりませんよ。重苦しい歴史でしたから。大きな戦争の舞台に何度もなっている。今だって、対馬は韓国だと言い張る韓国人もいるわけだし、秀吉だって朝鮮出兵の拠点にしたのがこの島ですから。」

するとこの大阪人、こう言った。

「そうかもわかりませんが、歴史というものも岩がじっと見とどけてきたんでしょうから、こりゃもう岩の勝利ですわな。岩にしみ入る蝉の声どころか、歴史まで染み入ってしまう。そうとちゃいますか？」

対馬に来て、こんな言葉に出会うとは予想もしていなかった。旅に出ると、本当にいろいろなもの、いろいろな人に出会う。

厳原に戻ってから、この大阪人の言葉を反芻してみた。そもそも石は固く、草花に比べて厳しさを感じさせる。厳原という地名にしても、厳の字が用いられ、この島の文化が固く、厳しいことを感じさせる。この島の岩石は三〇〇〇年以上前にできたという。じっと重い歴史に耐えてきたということで、それが島民の表情と重なるのである。石が島民を作り、島民が石を生きる。そうやって、この島は生きてきたのだ。

古代においては大和が新羅と唐の連合軍と戦った場所であり、中世においては元寇による被害が最も大きかった場所。近世においては秀吉の朝鮮出兵の最大拠点。そして鎖国後は朝鮮通信使を迎え入れ、雨森芳洲《あめのもりほうしゅう》のように日朝外交を好転させた人も輩出している。近代になれば、日露戦争から太平洋戦争に至るまで日本を外敵から守る機能を果たしてきた。日本史が集約されている島である。

明治以降、島には三〇もの砲台が築かれたという。そして、今も島のあちこちで迷彩服の若い兵士を見かける。対馬警備隊と呼ばれる自衛隊の駐屯地があるこの島は、太平の夢を見つづけている大半の日本人とちがって歴史の現実を見ざるを得ないのだ。

厳しい歴史は城跡にも表れている。一番知られているのが金田城で、これを「カナタノキ」とかつては呼んだそうだ。この城は見晴らしのよい山上に築かれている。しばし海に浮かぶ小さな島々を眺めて夢想に耽りたくもなるのだが、その見晴らしは外敵をいち早く見つけ出すためのものだった。風光明媚にひたろうとする軽薄な観光者の心は歴史の重みにかき消される。

中大兄皇子すなわち天智天皇の命で築かれたという金田城は、細い山道をなんとか登ってようやくたどり着く石の累積である。城壁の一部は残っており、まさに歴史の残骸となっている。驚くべきは、そこにも砲台があることだ。帝国陸軍が設置したというから、七世紀から二〇世紀までこの城は城砦でありつづけたことになる。

対馬に来て三日目、厳原の観光案内所で島の南部に原生林があると知った。石ばかりでなく巨木の多い島なのだ。しかも、大抵の巨木は神格化され、人は近づけない。人が近づけない禁忌の森が、古来守られてきたのだ。

それでも、平成になって遊歩道ができたという原始林がある。厳原から南へ下った龍良《たてら》山の裾野に広がる森林で、行ってみると遊歩道なるものが判然としなかった。いつ道に迷ってもおかしくない状態で、高い古木が生い茂り、かと思えば横倒しになっている。本当に上までいけるのかと怪しかったが、スダジイという椎の巨木を求めてしばしさまよった。

遊歩道があるとされているのに、それらしきものが目に入ってこないのはどういうことか。あたりがにわかに暗くなってきたので、これ以上登りつづけるのは無理と諦めて麓に戻った。

麓には絶滅危惧種であるツシマヤマネコの野生順化ステーションがあるが、外部の人間は入れない。人間世界からできるだけ離れた環境で失った野生を回復させるのが目的だから、人に遭わせてはならないのだ。そこから一五〇メートルほど離れたところに野生生物保護センターがある。こちらのほうはツシマヤマネコの野生順化のプロセスをビデオで見せてくれる。展示物は多くなかったが、事務の女性は親切だった。

その女性に「龍良山の遊歩道、見分けにくくて大変でした」と言うと、びっくりするような返事が返ってきた。「前はもっときれいでした。遊歩道なんてもの、なかったんですから、本物の森でした。」

つまり、今は中途半端だというのだ。遊歩道がなかった方が「きれい」だったというその発想。私たちが抱く感覚とはまるで違う。原始林には原始林でありつづけてほしいという島民の願いがそこに見えた。

自然に対する畏れ、それが対馬島民の心の深層部にあるのだろう。観光化にいまひとつ情熱が湧かないのも当然である。

博多に戻る日の朝は快晴だった。青い空を塗りつぶす緑の樹木に惹かれて、つい博物館の裏の山道に入ってしまった。秀吉が築いた城跡の三の丸まで「歩いて一五分」と書いてある。

のぼっていくと、どちらの方向に行けばよいかわからなくなった。随分険しいところもあり、散歩コースどころではなかった。それでも何とか三の丸に辿り着き、そこから下を眺めると、これから向かう博多の方向に黒ずんだ海が見えた。

山道を下り、まだ博多行きの出港まで時間があったので厳原を守護するという八幡宮にお参りした。町の真中にあるのだが、境内は静謐、素晴らしかった。

土地の人と思われるサラリーマン風の男性が境内のあちこちで立ち止まって両手を合わせている。隠れた場所にある小さな神社は別として、町の中心にある大きな神社の境内がこれほど荘厳なのは珍しい。

八幡宮は神功皇后や応神天皇という朝鮮と関係の深い人物を祀っているのだが、そこになぜかマリア神社というのがあった。マリアとは小西行長の娘の小西マリアで、対馬藩主の宗義智に嫁いだのだそうだ。嫁いだ後もキリシタン信仰を守りつづけた彼女を神として祀る。不思議な、奥深いものを感じさせる世界であった。

ちなみに、小西行長はキリシタン大名として名を馳せ、秀吉の朝鮮出兵のとき対馬藩主で娘婿の宗義智とともに活躍した人物である。関ヶ原では敗者となり打首に処されたが、対馬ではその娘とともに英雄として生きつづけている。

もう一つこの神社で忘れられないのは砲弾が祀られていることだった。近代戦の戦利品が奉納されたということだが、こうしたものが祀られているところに歴史と神話の接点を生きてきた対馬が象徴されている。ある人は「対馬こそ日本の原点」と言っているが、それがこの二一世紀にまで生きつづけていることの意味は大きい。

2　ありねよし

対馬を離れるとき、ふと道路脇に立っている石碑に目が行った。そこには万葉歌が彫り込んであり、「ありねよし　対馬のわたり　海中《わたなか》に　幣《ぬさ》取り向けて　早帰り来ね」とある。「山々の美しい対馬からの海路、御幣を掲げ、それに守られて早くお帰りくださるよう」といった意味で、要するに、遠い船旅をする人への送別歌なのだ。春日蔵首老《かすがのくらのおびとおゆ》の作という。

「ありねよし」とは何だろう。「対馬」の枕詞だろうとは思ったが、あとで調べると「ありね」は在根と書き、根とは峰のことだという。「よし」は美しいという意味だから、「ありねよし」は「峰があり、美しい」という意味になるのである。なるほど、対馬は山だらけだから峰があるのは間違いのないことで、それを古人はよほどに美しいと思ったのである。

それにしても、対馬でなくとも山はあちこちにあるのに、古人が対馬を見たときその峰を美しいと思ったのはどうしてか。私自身、博多から厳原港に入ったとき真先に目に入ったのが上から見下ろすように聳える緑の山々だった。こんなに空が狭く見える風景はそれまで出会ったことがなかった。古人の「ありねよし」は、そのような感動の簡潔な表現であるようにも思える。

しかし、万葉人は一体どこからこの島を見たのか。博多の方から、あるいは出雲の方から見てそう思ったのか。それとも逆に、釜山あるいは済州島の方から来てみて、そう思ったのだろうか。

その辺のところがなんともわからないというのも、万葉だから大和側から見たのだと言い切るわけにはいかないからだ。古代史における半島と列島の関係は複雑で、北部九州と朝鮮半島南部は同じ文化圏であったと専門家は言っている。「ありねよし」が半島から対馬に渡った人の思いなのか、それとも大和から対馬に行った人の印象なのか、容易に確定できない。

もうひとつの疑問は、古人は対馬の山が石山であることに気づかなかったのだろうかというものだ。「本土」から来た私には石山こそがこの島の最大の特徴のように思えるのだが、少なくとも『万葉集』の世界で対馬と石は結ばれていない。峰は石山であろうとなかろうと、ともかく美しいということだったのか。もしかすると、石山は古人にとって当たり前にすぎたのかもしれない。

万葉には柿本人麻呂の石見相聞歌があり、石見《いはみ》とは現在の島根県西部の地名である。石が目立つ、石が美しいから「石見」となったのであろう。花見や月見があるように石見がある、と考えてはどうか。ちなみに、石を「いし」と読まず、「いは」と読むのが古人の習わしだったようだ。

『古事記』には石長比売《いはながひめ》という女性が登場する。高千穂に降臨した天孫である邇邇芸命《ににぎのみこと》はこの姫を娶らず、木花之佐久夜毘売《このはなのさくやひめ》を選んだ。前者は岩のように頑丈で永続性があるのに、邇邇芸は短命でも夜桜のように美しい木花之佐久夜毘売を娶ったのだ。この選択ゆえに邇邇芸の子孫である歴代の天皇は短命を運命付けられた、と『古事記』は伝える。

この神話で重視したいのは、石長比売は頑丈だが美しくはなかったということだ。大和国は短命の美学を選択し、永続性を望まなかったのだ。だが、それはあくまで大和のことで、大和と韓のあいだにある対馬や山陰や北部九州などは異なった美学を培ってきたかも知れない。でなければ、「ありねよし」とはならなかったように思われる。

というのも、北部九州のなかでも長崎県と佐賀県には「岩永《いわなが》」という姓が多い。岩永は石長《いはなが》の別表記である。第二次大戦中、日本では大和魂を散る花の美と結びつけて美しく死ぬことを称揚したが、そのような美学を日本の伝統と決めつけるのは早計に過ぎよう。花を石よりも尊んだのが邇邇芸であったとしても、それとは異なる伝統も日本にはありつづけているにちがいない。特攻隊などでよく歌われた「同期の桜」は以下のように始まる。

貴様と俺とは　同期の桜
同じ兵学校の　庭に咲く
咲いた花なら　散るのは覚悟
みごと散りましょ　国のため

これを大和魂と決めつけてはならない。同じ魂も時代によって中身が変わり、昔話「花咲爺」にあるように、花は咲くことが大事だという思想もある。散ることはむしろ残念なことと思われたのである。

短命の美学の原点ともいうべき『古今集』にはなるほど散る花を嘆く歌が多いが、だからといって必ずしも散ることを美しいとしているわけではない。「敷島の大和心を人とはば朝日に匂ふ山桜花」と大和魂を山桜にたとえた本居宣長にしても、必ずしも花が散ることを念頭に置いていたわけではなさそうだ。

では、何ゆえに大和魂は花と散ることという公式が生まれたのか。その公式が戦時中に流布されたことからすると、また同じ頃に佐賀藩士の山本常朝が書いた『葉隠』の「武士道は死ぬことと見つけたり」が流行ったことと考えあわせると、そこにはタナトス（死への衝動）への傾斜があったことが見えてくる。すなわち、日本軍は戦争に勝とうという意欲より、潔く死ぬ願望に傾斜していたのである。言い換えれば戦闘意欲を喪失していたということで、そういう時代の風潮があったからこそ石ではなく桜が、しかも咲く花ではなく、散る花が尊ばれたのだ。

それにしても『葉隠』。これを読んで思ったことのひとつは、宮本武蔵の『五輪書』との極端なちがいである。前者が江戸の幕藩体制の爛熟期の精神を反映しているとすれば、後者は江戸前期の一匹狼のような武者精神の権化なのである。武蔵には死にたいという願望は微塵もなく、いかにすれば決闘に勝って生き延びられるかしか念頭になかった。一方の『葉隠』はもはや戦闘の機会というものを持たない武士の、主君への忠義という体制の中での己の定義しかない。

石長比売の『古事記』に話を戻せば、この姫は邇邇芸命という大和国家の正統からは見捨てられたにしても、アンチ・テーゼとしては生き残ったということである。アンチ・テーゼといっても大和に対してそうだったのであって、北部九州から朝鮮半島にかけて、すなわち壱岐と対馬においては正統だったのである。

韓国の南西にある済州島は「石と風と女の多い島」と言われるが、一九四〇年代の後半、この島から対馬に多くの遺体が流れてきたという。それらの遺体は日本から「解放」された済州島民が半島の分断に抗議したために米軍統治下の韓国軍によって虐殺された島民の遺体であり、それがそのまま対馬に流れ着いたというのだ。このことは海流的に済州島と対馬がつながっていることを示すばかりでなく、歴史的にもこの二つの島がつながっていることを示す。とすると、対馬もまた「石と風と女」の島なのだろうか。

ちなみに、上記の虐殺事件は済州島四三事件といい、流された遺体のために供養塔が対馬北西岸の佐護に建てられている。対馬の島民は済州島の代表団とともに、毎年虐殺された済州島民の慰霊祭に参加すると聞く。

3　石舞台

日本における石の文化を思っていたら、ふと浮かんだイメージがある。高校時代に修学旅行で訪れた飛鳥の石舞台だ。私の高校は神奈川県にあり、修学旅行といえば北海道か九州であったのに、その年に限ってどういう風の吹き回しか、国語と歴史の教員たちが主導して関西旅行となった。関西といっても京都や奈良や大阪の超有名な箇所ははずして、なかなか人が行きそうもないところばかりを訪れた。徳島の高校生の人形浄瑠璃を見たり、映画「二十四の瞳」の舞台になった小豆島の教場を訪ねたり、そうかと思えば、今でこそ人気の高野山の宿坊で一晩を明かしたり。

最も印象に残っているのは飛鳥の石舞台だ。当時は茫々とした野原に不気味なほど大きな岩が並んでいるだけで、ほかには何もなかった。それがかえって石の力を感じさせたように思う。対馬から帰ってそれを思い出し、もう一度行ってみたいと思った。

　再訪してわかったのは、今や石舞台は整備された公園となり、観光バスのための駐車スペースも完備した観光地だということだ。半世紀以上経ったのだから致し方ないとはいえ、石舞台の石の群れから古代を感じとることが難しくなったことは事実である。高校生だった私がほんとうに古代を感じ取ったのかとなると怪しいが、岩の威力を感じたことだけは確かだ。あの荒涼感は忘れられない。

　あの岩の堆積が蘇我馬子の墓だと知ったのは、大学に進んでから小林秀雄の「蘇我馬子の墓」（一九五〇）を読んだ時である。これを読んで、あの石舞台の迫力ある石の積み上げがようやく古代史と重なった。

　小林は石舞台の周囲の山々が韓国南部の慶州の山々に似ていると言っているが、慶州とはかつての新羅の首都、その風景が大和のそれと似ているとなると石舞台は朝鮮半島と密接に繋がっていたことになる。しかし、小林はその点については関心がなかったのか、あるいは故意に遠ざけたのか、それ以上触れてはいない。

　蘇我馬子の墓を問題の出発点とする小林は、日本における仏教哲学の最初の理解者としての聖徳太子を高く評価している。というより、その空前絶後の知力に驚嘆している。歴史の教科書では、聖徳太子は高句麗の僧・曇徴から仏教を学んだと書かれているが、なるほどそのころの日本、否、まだ国家として成り立っていなかった大和は、新羅や百済だけでなく、高句麗とも縁を持っていたのだ。聖徳太子の知性はそうした東北アジアの文明によって磨かれたのである。

小林が言及する聖徳太子の非凡な知性であるが、そのすごさは「十七条憲法」(六〇四)を見ればわかる。十七条憲法は読めば読むほど素晴らしい漢文で、その論理性の高さにびっくりするのである。たとえば、第十条に、

十曰、絶忿棄瞋、不怒人違。人皆有心。各々有執。彼是則我非。我是則彼非。我必非聖。彼必非愚。

とある。これを書き下せば、

忿(秘めたるいかり)を絶ちて、瞋(面に表れたいかり)を棄て、人と違うことを怒らざれ。人皆心あり。心おのおの執れることあり。かれ是とすれば、われ非とす。われ是とすれば、かれ非とす。われ必ずしも聖にあらず。かれ必ずしも愚にあらず。

言っていることは、人と意見が異なっても怒るな、感情的になるな、ということである。人間誰しも自分の思いに執着するが、そうなると自分を肯定して他者を否定することになる。ところがど

うだ、自分は必ずしも聖人ではないし、相手が必ずしも愚かだとは限らない。だから相手を否定するな、というのだ。

この思想は思想として非の打ちどころがないが、これを民主主義の根本だと主張する前にその言語の明瞭さ、論理の鋭利さに注目すべきだろう。これが七世紀の初めに草されたと思うと、人類は少しも進歩していないと痛感する。

日本人は聖徳太子を本当に知っているのだろうか。つねづね思うのだが、日本人は小学校の時に十七条憲法を暗記すべきであろう。教育勅語を暗記するよりもよほどよいと思われる。なんとなれば、世界に開かれた思想がそこにはある。これからの時代の日本人に太子の憲法は必須なのではないか。

現代日本の教育には基本理念・基本道徳の教育が欠けている。教育勅語を復活せよといった意見もちらほら聞こえるが、およそ近代日本の悲劇を知らない人の発言にちがいない。日本の敗戦は「教育勅語では足りなかった」ということを示しているのに。

近頃は改憲論が盛んだが、現行の憲法の一部をいじったところでどうにもならない。なんとなれば、その言語にしてからが役に立たないからだ。むしろ、日本国が成立するまさにその時に草された聖徳太子の憲法があることを思い出すべきである。その思想の堅固さ、論理の明確さ。これを子どものころに暗記すればおのずと知能が発達するように思われる。物事の道理というものが見えてくるはずだ。

小林の「蘇我馬子の墓」に話を戻すと、この文章における小林の主旨は大きくわけて二つある。ひとつは石舞台が大和の黎明期の大陸、もっと具体的には朝鮮半島の匂いを感じさせるというもので、その時代は仏教という巨大な普遍思想が導入された時代であると同時に豪族たちが血なまぐさい政争を繰り返していた時代だったというものである。彼はそのことを『日本書紀』をもとにして説き、大陸文明の先導者である蘇我氏の命運と聖徳太子に焦点を当てている。

もうひとつは、石舞台を蘇我馬子の墓と断定することに批判的な歴史学者たちに対しての反論である。一見実証的に見えて実は想像力を欠くその方法論に対して正面切って疑義を呈しているのだ。

この二つのうち、力点が置かれているのは後者である。「蘇我馬子の墓」という文章の眼目は小林流の歴史学批判なのである。

小林の歴史学批判は戦前から戦後にかけて一貫している。それを集約した文章は一九三九年に書かれた「歴史について」(『ドストエフスキイの生活』の序)で、それによると、歴史は言葉によって支えられている人類の内部世界の表出であり、人間を離れることによって自然の理解を実現する科学とは対極をなす。したがって、歴史を科学的に記述しようとする試みはもともと矛盾しているのであり、必ず失敗するというのである。

このような歴史観が「蘇我馬子の墓」という文章をも支えている。小林がこの文章で言いたかったのは、石舞台は『日本書紀』の記述に照らして蘇我馬子の墓でなくてはならない、なんとなればそれが古代人の想像力に忠実な解釈だから だ、ということである。その根拠はというと、石舞台という物体と『日本書紀』という歴史書とが現にあるからだ、ということになる。歴史学者には到底受け入れられない乱暴な見解であろう。

石舞台と『日本書紀』の叙述に共通するものは何か。小林によれば、それは歴史事実を前にした人間の感動である。これを抜きにした歴史はあり得ない。それが彼の論点である。感動には主観が伴うから、これを排除しなくては科学にならないというのが近代史学の基本線であるが、小林にとってそういう歴史観では本当の歴史は蘇ってこないのである。

小林の主張は今日的に見れば歴史学をあまりに見下しているように見える。ヘイドン・ホワイトの「歴史は物語である」という観点からすれば、小林の言っていることはある程度当たっているとはいえ、ホワイトにしても歴史を小説と同じだとは思っていない。歴史とフィクションとのちがいは、歴史という物語は物的証拠で補強されなくてはならないという点にある。

小林が「蘇我馬子の墓」を書いた当時の日本では、歴史は真実を語るもので、決して物語ではないと信じる人が多かったのは事実だ。そういう時代であればこそ、小林のような歴史学批判が生まれたのである。先述の「歴史について」の文章のなかで、彼は「歴史は神話である」とも言っている。しかしそうなると、神話こそが真実なのだということになりかねない。歴史を客観的科学とすることも神話なら、小林の歴史観も神話なのである。

つまるところ、どのような神話にも真実はなく、歴史とは事実に関する多様な解釈を許す神話だというほうが当を得ている。小林のように歴史を「神話」だと言い切ってしまうと、それを信ずるほかはない世界ということになりかねない。

そもそも小林自身、「批評とは畢竟己れの夢を懐疑的に語ること」と言っていた。批評家ならば、神話を「懐疑的」にしか語ることはできないはずで、その「懐疑」にこそ歴史の可能性はあると思えるのである。

話がこんがらがってきたが、そもそも石舞台という岩石の構築物が実際に蘇我馬子の墓であろうとなかろうと、飛鳥寺の前にある小さな石の重ねが実際に蘇我入鹿《そがのいるか》の首塚であるのか否かという問題同様、それほど重要ではないように思われる。歴史は大事かもしれないが、岩石の力の方がもっと大事である。その力が古代の歴史を感じさせることはわかるが、そんなちっぽけなものではないだろう。石の歴史は、人間の歴史などはるかに超えるものなのだ。

そんなことを思っていたら、対馬の比田勝で食事をともにした大阪人が言っていたことが忽然と蘇ってきた。「歴史というものも岩がじっと見とどけてきたんでしょうから、こりゃもう岩の勝利ですわな。岩にしみ入る蝉の声どころか、歴史まで染み入ってしまう。そうとちゃいますか？」

すばらしい言葉をいただいたものだ。

4　石積み

つい最近、「わたしたちのブルース」（二〇二二）という韓国ドラマを見た。秀作の部類に属するものである。舞台は済州島、例の四三事件で虐殺された人々の遺体が対馬に流れ着いたという、あの済州島である。

ドラマは四三事件を扱っているわけではなく、現代の済州島民の悲喜劇を描いているだけなのだが、末期癌を病んでいる老婆が墓地と思われる場所で、先立たれた家族の墓と思われる大小の石積みの上に小さな石を乗せる場面がある。なんのためかと親しくしているもう一人の老婆に聞かれ、「早く迎えに来て」と祈ったというのである。

この場面、印象に残るのは石を積み重ねただけの墓である。済州島では願をかけて石を積み重ねていく風習があるということが、静かに語られている。

対馬でも、天神多久頭魂《あめのかみたくずたま》神社で似たような石積みの塔を見た。こちらの石積みもまた祈願のためのものなのだろうか。

調べてみると、石積みの習慣は世界各地にあり、たとえば北米の先住民のなかでも北極に近い寒冷地に住む人々はこれをイヌクシュクと呼んで道標としているという。極北の地にはこれといった道標もないのでそういう習慣が生まれたというのだが、私にはそれ以上の意味があるように思える。

極北の地で道に迷うとは死を意味するから、それは命の道標であって、方向を示すものと言うだけでは足りないように思われる。

同じ北米の先住民でも米国の南西部の先住民、たとえばプエブロ族は石を拾ってこれに唾をかけ、それを石積みの上に重ねる習慣があるという。こちらの方は石積みの塔からエネルギーをもらい、健康増進に役立てるのだそうだ。本当に、それだけの意味しかないのだろうか。

韓国ドラマの話をしたので、イスラエルのテレビ・ドラマにも言及したい。「シュティセル家の人々」(Shtisel 2013)という題の作品である。伝統に忠実なユダヤ人の家族を描いたすぐれた作品で、見るたびに心の底を洗われる。

その中に、主人公の男性が死んだ妻の墓を訪れ、彼女と心の訣別をし、新たな一歩を踏み出して別の女性と再婚しようと決心する場面がある。そのとき主人公は亡き妻の墓(これは石積みではなく、立派に磨かれた平らな石である)の上に小さな石を置き、妻に最後の別れの言葉を述べるのである。そのときの石置きは、これも古来の伝統を重んずればこその行為であろう。石を置く、石を積む。こうした行為には、生者と死者を結びつける意味合いが込められているようだ。

では、一体どうして、人は石にそこまで思いを託すのだろう。石にはそれほどの力があるのか。ひとつには、石は木や草とちがって頑丈で永続性がある。『古事記』の石長比売《いはながひめ》を思い出そう。もうひとつは、石そのものに魔力があると思われているからだ。

魔力といえば非科学的に聞こえるだろうから、物理学的に磁力と呼んでもよい。地球全体が大きな磁石だと言われているから、小石であってもその磁力の微小部分を担っているのである。

II　石を考える

小石先生の石

1　小石先生

フランス語で「小石」のことをcailloux（カイユー）という。他方、フランスには人の姓にCaillois（カイヨワ）というのがあり、ロジェ・カイヨワという思想家がその一例だ。彼のことを社会学者という人もあるが、書いたものが雑多であるから思想家と呼ぶのがふさわしい。

カイヨワとは「小石（カイユー）の人」、「小石の多い土地の人」という意味かと思う。となると、さしずめ彼は「小石先生」である。この小石先生には多くの著書があり、日本語訳も数多く出ている。にもかかわらず、彼のことを語る人はそれほど多くない。インパクトが弱いのだ。

長い間、彼の名は知っていたがその著書を読まずにいた。半世紀も前に日本にやってきた彼の講演を偶然東京で聞いた記憶があるが、通訳がなく、大学生だった私には何を言っているのかわからなかった。大柄な赤ら顔の中年男性が、静かな日本の聴衆を前に滔々と喋っていたことだけ覚えている。

その講演は東京・飯田橋の日仏学院が開催したもののようだったが、そこに案内してくれたのは当時東京大学の理学部にいた生化学者のアンヌ・ジャキエ博士だった。彼女はパリのキュリー研究所員だったが、一年間東大に来ていたのだ。

その彼女がカイヨワの講演が終わったとき、私にカイヨワの本なら『石』(Pierres 1966) という本が面白いと薦めてくれた。翌日丸善まで行ってみたが在庫はなく、取り寄せとなった。本を入手したのはその一年後、私のフランス留学が決まった時だ。

この本には何度か挑戦したが、いつも中途挫折した。人と同じで本と出会うにもタイミングが必要なのかも知れないが、外国人である私には、言語が私のほうに飛び込んできてくれなければ、とうてい近づけるものではない。

私のフランス語の能力は限られており、たとえばパスカルとかヴォルテール、カミュとサン＝テグジュペリの言語ぐらいしか入ってこない。カイヨワ、否、小石先生のフランス語は、よく出来ているとはうっすらわかるのだが、心の琴線には触れなかった。

このことは日本語についても同じである。好きな日本語は志賀直哉のと、谷崎潤一郎のと、川端康成のである。そういうわけだから、いくら若い人に薦められても、村上春樹などは最後まで読みきれない。三島由紀夫の日本語はというと、これは整形手術で異様になった日本語と感じる。そこまでしなくてはならなかった三島には気の毒な気がするが、どうしても好きになれない。三島の日本語は日本語の死の表現であろう。

2　百科全書派？

カイヨワ小石先生の『石』は、文章は複雑な構造ではなかった。しかし、語彙が豊富過ぎるのと、気の利いた表現が多過ぎるのとで、私の読書意欲を減退させた。何度も書庫から取り出しては戻した。

しばらくその存在を忘れていたのだが、最近になって「石」というものを考えるようになり、妙にこの本のことが気になり始めた。久しぶりに取り出して開いてみると、なんと、紙の上にきちんと収まっていたはずの文字が一斉に目に飛び込んできた。活字は確かに活き物だ、そう思った。今度は終わりまで読み通すことができた。しかし、読み終えて物足らなさが残る。石について周到に論を展開しているのに、なぜか退屈させる。一体、どうしてなのか。

それでも前書きは気に入った。以下にその一部を引用する。

これから石について話そうと思うのだが、私のいう石はごく普通の石で、いつも屋外にじっと横たわり、その変わらぬ床で静かに夜を過ごす類のものだ。建築家の関心も惹かなければ、芸術家の目にもとまらず、ダイアモンド商には見向きもされない。こいつを使って宮殿を建てようとか、彫像を創ろうとか、宝石に磨き上げようとか誰も思わないし、かといって、積み重ねて堤防を造ろうとか、城壁を造ろうとか、墓石にしようとか、そんなことを思う人もないのだ。つまりは何の役にも立たず、何の名を成すこともないただの石。そういう石について語ろうと思う。

ただの石について考察するというところが気に入った。宝石や石材となる石ではなく、そこらに転がっている石。そこに着目したところが卓見と思われた。

この本は、第一章で石にまつわる神話や伝説を紹介し、第二章で物としての石を語る。そのあと第三章で形而上学としての石、第四章で道徳、第五章で遺言としての石というふうに話を広げ、あたかも『百科全書』の「石」の項を完結させているかに見える。

「百科全書」という言葉を使うのは、フランスの知性が今でも十八世紀の百科全書派を継承しているからだ。百科全書派の特徴は何ごとも満遍なく知ることを目指すことにあり、専門に走ることを戒めるものとして貴重である。そこにフランス的知性あり、と言いたいところだ。

だが、下手をするとこの知性は表面だけを撫でる。果たして、カイヨワならぬ小石先生の場合はどうか。

先生が「物」としての石を語ったあとに「形而上学」としての石を語っているのは、物がフィジクスであるのに対し、形而上学がメタ＝フィジクスだからである。物の理を超えた世界が形而上学ということであり、石ころをただの物体だと思っている人々に警鐘を鳴らしたかったのだろう。ただし、先生の書きぶりが軽妙で、思想の重みが感じられないところから、「フィジクス」のあとに「メタ＝フィジクス」を配したのは単なる語呂合わせだろうと思えてしまう。フランスの知者には知の洒落者となろうとする傾向が根づよい。

第一章は、中国の神話や伝説における石の意味を、西洋の場合と比較してかなり詳しく論じている。中国では昔から石が尊ばれ、過去の災害の轟音を響かせる石とか、成長し出産までする石とか、治癒力のある石、守護力のある石などさまざまな伝説があることを、簡明な短文を積み重ねて断章形式で述べている。

中国をほとんど知らないフランス読者には、新鮮に映る章ではないかと思われる。しかし、私のような東洋の人間にはその内容より著者の語り口の軽妙さに目が行く。軽妙すぎて、どこか信用できないのである。

小石先生が作り話をこしらえているというのではない。出典はどこかにあるのだろうが、読んでいてボルヘスの語る東洋を感じさせる。

ボルヘスといえば、小石先生が自ら住んだことのあるブエノス・アイレスの有名な作家である。そのボルヘスをフランスに紹介したのも、ほかならぬ小石先生であったようだ。二人には共通する知の型があり、両者とも気の利いた話をすることで至極満足するタイプなのである。

同じ第一章には西洋の神話・伝説における石のことも書いてある。これまであった場所から逃げ出す石、自分で回り出す石臼、男性化して磁力を持つに至った石、我が子のように王族に愛撫される石、夜だけ光る石、風を巻き起こす石、見えないものを映し出す鏡としての石、などいろいろである。小石先生はそれらのもつ哲学的意味などに頓着せず、きれいに陳列棚に配置して満足する。

十八世紀の啓蒙家からすれば、先生の百科全書派的態度は内容空疎で、哲学に寄与しないということになるかも知れない。となると、『百科全書』を継承してはいても、それを形骸化させているということになる。先生は実例を並べるだけで何も言わないものだから、百科全書派と結びつけるより博物館のカタログと結びつけた方がいいのかも知れない。百科全書派特有の辛辣さがまるでない。

それでも、第一章が何も伝えていないのかといえば、そうでもない。中国と西洋に共通するのは石には特別な力があるという古人の信仰だというメッセージが確実に伝わってくる。それが生殖力と結びついているという点も興味深い指摘だと思われる。

すなわち、石といえば固くて動かないものという私たちの先入見を壊すという点で、小石先生の紹介する神話・伝説は一定の効果を発揮している。また石に一目も二目も置き、それを大型機械で砕き、アスファルトやセメントで塗りつぶしてしまうことのなかった時代はすばらしかったと暗示している点も見逃せない。

ところで、この本には出てこないが、中国で「石女」といえば子を産めない女性を指し、それが日本に伝わって日本でも同じ言い方をする。石は生殖力の欠如の象徴とされているのである。なのに、小石先生が示したように、古代の中国にも西洋にもそれと真逆の発想があったとすれば、これまた面白いことではないだろうか。

ついでながら言えば、道元の『正法眼蔵《しょうぼうげんぞう》』（一二五三）の山水経の章に以下の言葉がある。

大陽山の楷和尚、衆に示して云く、「青山常に運歩す、石女夜児を生む」と。山は、そなはるべき功徳のきけつすることなし。このゆゑに常に安住なり、常に運歩なり。その運歩の功徳、まさに審細に参学すべし。

「青山常に運歩す、石女夜児を生む」は美しい文言で、禅にふさわしいパラドックスである。山は動かないはずなのに「運歩」する。同様に、石女は子を産まないはずなのに夜になると「生む」というのだ。

現代風にこれを解釈すれば、出産できない女性をも受け入れる思想がここに表現されているということになろう。「石女」などという勿れ、あなたの知らない時に実は出産しているんですぞ、という教訓である。

中国でも日本でも、おそらく韓国・朝鮮でも、石女は共同体から排除され、石女がいると村が絶えるとか、井戸が涸れるとか言われてきたという話を聞いたことがある。その文脈に置いてみると、道元引くところの太陽山楷和尚の「石女夜生児」は月下に輝く石となる。

小石先生の引く中国の伝説より道元の引く中国の説話のほうが心に響くのは、つまるところそこに詩があるからだ。禅の思想とか云々する前に、石が放つ詩に共鳴しようではないか。

これも小石先生の本には出てこないが、生きた人間が死んで石になる、あるいは生きたまま石になるという伝説がある。たとえば私の住む佐賀県唐津の佐代姫伝説がその一つだ。

佐代姫とは、都から朝鮮へ遠征に行こうとする大伴狭手彦《おおとものさでひこ》が唐津に宿営した時、その狭手彦に恋してしまった土地の女性の名である。狭手彦が船に乗って朝鮮半島へ向かうのを追って加部島という唐津の突崎まで行き、七日七晩泣き続けた挙句、岩になってしまったというのだ。この岩は恋する女性の象徴になり、人によってはこれを貞女の鑑としている。

このような石化の物語は、小石先生なら神となった石、神性を宿した石に分類するだろう。だが、この佐代姫伝説には精神性と道徳性が付与されており、古代の伝説というよりは後世の作り話、もっと悪く言えばイデオロギーがかった教訓話の趣があるのだ。

これに対して、『肥前国風土記』のような土俗的な古代の書には、同じ佐代姫でもこれとは異なる女性像が描かれている。これについては別のところにすでに書いたのでここでは詳述しないが（『比較文学論考』二〇一一）、『風土記』の佐代姫は貞女とはほど遠く、もっと生々しい魅力的な存在となっている。無論、そうであるから石などにはならない。

3　寅彦の石

小石先生の『石』第二章は物として見た場合の、すなわち物理的な意味での石についてである。先生は石の外形に注目し、損耗した石、割れた石、綺麗に秩序だった石と分けて語る。

話題にするのはもっぱら鉱石だ。鉱石というと金属を含んだ石と思われるが、いわゆるミネラルを含んだ石はすべて鉱石である。これを先生は「自然のオリジナル作品」と呼び、さらに三つのタイプに分類する。一つは損耗によってすべすべになった石、もう一つは割れて尖った石、そして最後にその中間に位置する秩序のとれた美しい形の結晶石。

いくら無機質の鉱石であっても、これが生き物として捉えられているのは面白い。たとえば先生はこんなふうにいう。

いうまでもなく、これら鉱石は独立心もなければ、感受性もない。だからこそ、彼らを感動させるには、大変な努力が必要なのだ。眩暈のするような時の流れはいうまでもない、火山の爆発、大地震、などなど。

要するに、人間業をはるかに超えた天変地異あってはじめて鉱石が生まれる。その形状は火と水と風との信じられないほどに長い作業が生み出したものだというのである。自然史というよりは自然神話の作者としての小石先生の本領発揮である。

鉱石の中には人が見て完璧と思うものだけでなく、それとはほど遠いと思うものもあると先生はいう。そして、後者を幾多の辛苦に苛まれた「悲劇」の生み出す美として賞賛するのだ。叙事詩的な語り口で、そこにはもはやボルヘスの影はない。科学するかわりに詩人になりきって、鉱石を叙事詩として語る。

本職の物理学者であった寺田寅彦であればもっと散文的に語る。次のように。

まわりに落ち散らばっている火山の噴出物にも実にいろいろな種類のものがある。多稜形をした外面が黒く緻密な岩はだを示して、それに深い亀裂の入ったブレッドクラスト（麺麭殻）型の火山弾もある。赤熱した岩片が落下して表面は急激に冷えるが内部は急には冷えない、それが徐々に冷える間は、岩質中に含まれたガス体が外部の圧力の減った結果として次第に泡沫となって遊離して来る、従って内部が次第に海綿状に粗相になると同時に膨張して外側の固結した皮殻に深い亀裂を生じたのではないかという気がする。表面の殻が冷却収縮したためというだけではどうも説明がむつかしいように思われる。実際この種の火山弾の破片で内部の軽石状構造を示すものが多いようである。（…）その他にもいろいろな種類の噴出物がそれぞれにちがった経歴を秘めかくして静かに横たわっている。一つ一つが貴重なロゼッタストーンである。

（「小浅間」一九三五）

寅彦と小石先生のどちらがいいかという話ではない。先生の表現は意図的かつ観念的で、寅彦のはより実情に即している。

小石先生が意図的だというのは、読者が偏見から解放されることを願って書いているという意味である。人類より地球の方がはるかに歴史が長く、鉱石という存在は悠久の歴史を背負っているがゆえに人類の尊敬に値するのだと教えたいのである。寅彦にはそうした読者への教訓姿勢はない。読者に期待していなかったのか、読者に呆れていたのかその辺はわからないが、ともかく何かを訴えているふうではない。

要するに、彼ら鉱石の形は歴史以前のものなのだ。とてつもなく古い王国の印章なのだ。ひどく乱暴に扱われつづけた結果、見事な構造を持つに至ったその形において、勝利しているのは調和と平衡の法則なのである。そうだ、そうでなくてはならなかった。どうあっても、そうでなくてはならなかった。

これが小石先生の自然礼賛である。当たり前のことを言っているなどと言ってはいけない。先生が挑戦する西洋の常識は、人間的な、あまりに人間中心的な世界であり、自然よりは文明を大切にしてきたのである。

すべすべした、損耗による石の美の例として、先生は凝結したシリカ（＝二酸化珪素）を挙げる。パリ近郊の採石場で見つかる、ごく当たり前の石であるという。

「近代の最も美しい彫刻のいくつかは、この鉱床から生まれている。これらは、実は二五〇〇万年前からそこにある」という文言からすると、先生は自然の生み出す芸術に比べれば人間のつくるものは貧弱でたいしたものではないと言いたいようである。なにもそんなに目くじらを立てなくてもと思われるが、それほどに自然は素晴らしいと言いたいのだ。

先生の世代は二つの世界大戦を生きた世代。人類文明に嫌気がさしていたにちがいない。美術館に行くよりは博物館で石を見なさい。否、採石場に行ってみてごらん。そう言いたかったのだろう。

シリカの後は樹状の彫物を施した忍石《しのぶいし》と呼ばれるマンガン鉱石。これも損耗がもたらす美の一例だ。まるで画家が描いた風景画のように美しい紋様の見つかるこの石。しかし、先生はそこに生の痕跡を認めない。「これらの結晶がどんなに見事な植物の画像を提供しようと、それは幻影に過ぎない。」なんとなれば、「生命をも腐食をも免れている」からというのだ。

こういう文章を前にすると、この先生大丈夫なのかと首を傾げたくなる。石だって、無機質の物質だって、生きていないとは言えないではないかと疑ってしまうのだ。先生も初めはすべての石に命を与えていたはずだ。なのに、都合によってアニミストを廃業する。

そういう批判を予想してか、先生も譲歩してそれらの死んだ石からは「無機物も有機物も両方とも包み込んだより大きな法則」の存在が見えてくるなどと言い加える。かろうじて自然讃歌を継続させてはいるのだが、そのために大法則を必要とするあたり、やはり苦しい。

損耗した石の次は高圧と高熱の作用で乱暴に破られた石の話である。登場するのは銅の原石。まるで風で散りぢりにされた炎のように何本もの真赤な切れ端になったこの石は、暗がりでその異様な輝きを見せると先生はいう。そして、この稀有な石を、燃え尽きる寸前に風が吹いたために永遠の相が定着したものと見るのだ。先生の言に懐疑心を抱き始めた私は、本当に「永遠の相」など明示されているのかと疑ってしまう。

先生はミシガン湖の近くで見つかったもうひとつの銅石についても語る。あらゆる天変地異を乗り越えて不動の姿を見せるに至ったこの石を、人類の存在どころか、あらゆる生物の存在する前から存在してきた不屈の魂として紹介するのだ。しかも、あちこちに裂け目のあるその石に、ブールデルが完成をあえて拒否したであろう「弓を引くヘラクレス」まで見とどける。これを読んだ私は「え？　まさか、先生は自然を芸術の根源と見ていたのではなかったのか？」と驚いてしまう。悠久の時を経た岩石を見て、近代の彫刻家を思い出すとは！

これについて先生は、ヘラクレスの原型とでもいうべきものが溶岩の中から立ち現れるのが見えるのだ、と言い直している。その原型はあまりの損傷ゆえに見る者を不安にさえするのだが、それだけに力強く、劣化というものが感動をひき起し得ることの一例となっているというのである。ここまで来ると、カタログ的に石を配置していた第一章の啓蒙主義を離れ、今やロマン主義者となったロジェ・カイヨワが見えてくる。小石先生、ロマンチストだったのだ。

劣化の美学を唱える先生に同世代の思潮が反映されていることは間違いない。超現実主義の洗礼を浴びた美学者らしく、芸術とは完成ではなく、劣化をも含み込む美の世界であるというのだ。このような美学はもっともらしいが空疎な響きを持つ。

読んでいて感じるのは、先生にはニーチェ風の逆説思考がスタイルとして身についていたということだ。ニーチェの逆説は悲痛な思いに満ちているのに、先生のが軽く見えるのは、それがスタイルとなってしまっているからだ。先生の世代はニーチェをバイブルとして軽信していたのかも知れない。

しかし、真剣に芸術の意味を問うている先生の姿を一種の知的ポーズに過ぎなかったと言い捨てるとき、何か大事なものを見落としてしまうような気もする。世の芸術家たるもの、先生の問いに答えを用意しなくてはならないだろう。先生の言葉の裏には、芸術家はもっと謙虚でなければならないという教訓が含まれている。これを聞き逃してはならない。

先生によれば、瑪瑙《めのう》の美はその無細工な外形を壊してみないと見えてこない。その美についての先生の言い分はこうだ。

こうした石は、地球年代の初期に置いて見なくてはならない。これらの石以外には何もなかった時代に遡らねばならない。熱していた物質が徐々に冷えて固まる時に生み出そうとした最初の秩序、まだいかなる訓練にも身を委ねず、出来るかぎり均衡も対称をも避けようとした、そのときに生み出された最初の秩序に。

つまり、人類よりはるかに老いているこの石に、人類を押し付けてはならないというのだ。瑪瑙についての先生の結論を引こう。

ゴールコンダ鉱山の倉庫に堆積された宝石の類、アムステルダムの金庫に大事に保管されたダイアモンドの類、それらが価値も輝きも他を圧倒していることは間違いないが、そこには瑪瑙石のもつ開かれた星のような、花冠のようなみずみずしさがないということも言っておかねばならない。

これは世の宝石蒐集家に対する警告である。本当の宝石とは何か、市場に流通するものだけが宝石なのか、そう言いたかったのだ。

先生は角度のある石、すなわち尖った図形を描く石をも賞賛する。黄鉄鉱や赤鉄鉱、クウォーツなど。これらについての先生の姿勢は一貫して「文明よりは自然」である。

ごもっともな教説だが、主張があまりにも統一されているためにせっかくの言説が時として単旋律の美辞麗句に聞こえてしまう。どの言説にも透明な結晶体の輝きがあるのだけれども、その奥にあるはずの暗がりが見えてこないのだ。先生の文章の透明感は、言ってみれば研磨に研磨を重ねた挙句、石の石らしさが消えてしまった透明感である。先生がいう「開かれた星のような、花冠のようなみずみずしさ」をもつ瑪瑙石とはほど遠いものが、そこに現出する。

初めに全篇読んで物足りなさを感じたと言ったが、そういうところから来るのかも知れない。

4　科学か意匠か？

物としての石のあとには形而上学としての石の話が来る。この部分は小石先生の思想がもろに出ている部分なので、先生は苦心してそこにボカシを入れている。

形而上学となる石とはどういう石か。それを示すために、先生は道教でいう「不老不死」を持ってくる。人類の歴史をはるかに超えて生き延びてきた石を、中国では「不死」と結びつけてきたというのである。

とはいえ、先生は自分が道教思想あるいは道教信仰になびいていると読者に思われたくないようで、確固たる立場を打ち出すことはしていない。しかし、それがかえって読む側には怪しく映り、実は相当に中国の岩石信仰に傾いているのではないかと思えてくるのである。先生ほどの「教養人」が、面と向かって信仰告白などするはずがない。

小石先生が中国の岩石信仰を長々と語るのは、先生が西洋人であるからにちがいない。一種のカモフラージュである。「宗教よりは自然を」という思想の吐露には、若干だが宣教師の面影が感じられる。

形而上学としての石につづく章では道徳としての石を語る。道徳としての石は、先生にとって文明世界における石の果たす役割の一つなのである。先生の言い分は、文明世界は石柱などを媒介にして権力集中のための道徳を構築してきたということだ。文明は石を権力補強材としたというのだ。とはいえ、先生はそこになんらかの政治意見をはさもうとはしない。さすがは洗練されたエッセイストである。読者はだからなんの反感を抱くこともなく、読んでなるほどと納得するのだ。

これにつづく遺言としての石の章は、石には形而上学にならないレベルでの信仰が刻み込まれていることを語っている。「私は臆病だから、そこまで極端な表現はしないが、それでも石に対しては古の中国人のような敬虔な思いを抱いている」というその言葉に、小石カイヨワ先生らしい東洋観が見える。

だが、先生が中国を持ち出してこようとこまいと、石を集め、その美しさを崇めるに至っていたことは確かである。先生は決して嘘つきではないのだ。

石が遺言であるとは石とは重要な言葉が刻み込まれているもので、それを読みとることが大切だという思いの表明である。先生には『石が書く』とか『石を読む』といった著書もあり、それらに託された思いも同様である。すなわち、すべての石がロゼッタ・ストーンであり、そこにはヒエログリフ（神聖文字）が刻まれているのだから、石には敬意を以て接しなくてはならないというのである。先生は先生なりに「石」の科学を試みているかに見える。

先生の発想自体はすばらしいと思うのだが、果たしてどこまで石を科学しただろうという疑問は残る。たとえば、先に少し言及した寺田寅彦は小浅間の火口付近の岩石を見て、そこから背後にある見えざる構造と歴史へと向かった。しかも、その際、いっさいの道徳や宗教を持ち出していない。それに比べると、カイヨワ小石先生の場合には科学的ベクトルというものが欠けて見えるのである。

そう、遠い東洋の古代への同一化のベクトルを持たんとする先生には、根本的に科学のベクトルが欠けている。しかも、先生の同一化のベクトルは、一種の借り衣装なのである。となると、厳しく言えば、先生は一種のフェイクだ。

『石』を読み終えると、美しいが空虚な世界が広がっているのに気づく。小石先生の大好きな中国の先哲は「巧言令色」の害を説いたが、小石先生の言説にもその弊が垣間見える。

『石』をいくら読んでも、そこから石の感触は得られない。石についての痛切な思いというものも得られず、「文明よりは自然を、道徳や宗教よりは自然の具体的な事物を」という二〇世紀前半の西欧思想のスローガンが垣間見られるだけなのである。それがバタイユの影響なのか、シュールレアリスムの残響なのか、その辺のことはわからなくてもいいことのように思える。

繰り返しになるが、私にとってロジェ・カイヨワすなわち小石先生の『石』の不満な点は、先生が石を物として観察していながら、その見方が「審美的」に過ぎて少しも科学になっていない点である。まるで英国の詩人キーツが虹を見たときのように浪漫的なのだ。

もう一度、寺田寅彦にご登場願おう。寅彦の次の言葉は小気味よい。

生命の物理的説明とは生命を抹殺する事ではなくて、逆に「物質の中に瀰漫《びまん》する生命」を発見する事でなければならない。物質と生命をただそのままに祭壇の上に並べ飾って賛美するのもいいかもしれない。それはちょうど人生の表層に浮き上がった現象をそのままに遠くからながめて甘く美しいロマンスに酔おうとするようなものである。これから先の多くの人間がそれに満足ができるものであろうか。私は生命の物質的説明という事からほんとうの宗教もほんとうの芸術も生まれて来なければならないような気がする。ほんとうの神秘を見つけるにはあらゆる贋物を破棄しなくてはならないという気がする。

（「春六題」一九二一）

一見温厚に見える寅彦のいう「ほんとうの神秘を見つけるにはあらゆる贋物を破棄しなくてはな

らない」という言葉は重い。

それに比べて小石先生は、寅彦言うところの「甘く美しいロマンスに酔おうとする」心がどこかに残っており、そのために「ほんとうの神秘を見つける」ことが出来ずにいるように見える。今にして思えば、私が長いあいだ小石先生を遠ざけてきた理由がわかる。

私は小石先生、すなわちロジェ・カイヨワに接する前にすでにクロード・レヴィ＝ストロースを知っており、峻厳という言葉がふさわしいこの孤山の石には決して馴れ合うことができないと感じていた。あのような峻厳さを知ってしまった以上、「文学の思い上がり」を指摘するために文学を創造してしまうようなカイヨワの言葉を容易に信ずることはできなくなっていたのである。

レヴィ＝ストロースの言葉が信ずるに値するのは、彼が断固として文学を、叙事詩を、拒否しているからである。ランボー以来、文学は文学を拒否することによってしか生まれ得ないということを彼は肝に銘じていたのだ。その点、カイヨワは十九世紀フランスの教養主義のせいで知性が鈍ってしまっている。つまり、甘いのである。

要するに、カイヨワにおいては科学と哲学、科学と文学が分離している。一見、離れ離れの二つを融合させているかに見えて、実は一方を他方へと落とし込んでいるのである。

松岡正剛はカイヨワの『斜線』という著書に注目し、「カイヨワのナナメは文科系と理科系を区別していない。そこを跨ぐためにナナメを発想したのでもない。カイヨワにあっては文科系と理科系はもとより一緒くたになっていて、その一緒くたの景観をよぎる視線そのものがナナメなのである」と述べているが（『松岡正剛の千夜千冊・〇八九九』二〇〇三）、注意すべきは松岡が「文科系」と「理科系」という教育的区分にのっとってカイヨワを語っていることである。この区分はおそらくカイヨワの知的形成に適合するもので、仮に彼が「理科」を勉強したとしても、それは「理科」であって科学ではなかったということが肝心なのだ。

カイヨワの視点には科学のベクトルが含まれていると松岡が見たのだとすれば、それは大きな間違いである。レヴィ＝ストロースとちがって、カイヨワには科学によって文学を錬磨するということなどなかった。その意味でカイヨワは文学的、レヴィ＝ストロースは科学的と言いたいところだが、前者は単に通俗的、後者は純正だったと言った方がよいように思われる。

地質学の石

1　菅沼悠介

地質学とはなんなのだろう。石の手紙を読むことである。では、石が手紙だとすると、その手紙はなにを伝えるのか。

そこで登場してもらうのが専門の地質学者で、彼らが言うには、地球内部から送られて来る情報、地球の太古に関するニュース、そうしたものを伝えてくれる手紙なのだそうだ。

石の手紙という言い方は中谷宇吉郎にならったもの。雪の博士と言われる中谷は、『雪』（一九三八）という本で「雪は天からの手紙」と言っている。

雪は高層において、まず中心部が出来それが地表まで降って来る間、各層においてそれぞれ異る生長をして、複雑な形になって、地表へ達すると考えねばならない。それで雪の結晶形及び模様が如何なる条件で出来たかということがわかれば、結晶の顕微鏡写真を見れば、上層から地表までの大気の構造を知ることが出来るはずである。そのためには雪の結晶を人工的に作って見て、天然に見られる雪の全種類を作ることが出来れば、その実験室内の測定値から、今度は逆にその形の雪が降った時の上層の気象の状態を類推することが出来るはずである。

このように見れば雪の結晶は、天から送られた手紙であるということが出来る。そしてその中の文句は結晶の形及び模様という暗号で書かれているのである。その暗号を読みとく仕事が即ち人工雪の研究であるということも出来るのである。

つまり、雪の結晶から「大気の構造」がわかるというのだ。雪の結晶は「天から送られた手紙」であるにちがいない。

中谷は数学者の岡潔の親友だった。二人はときどき俳句を作って遊ぶ仲だったという。岡が親しかったのは、しかし宇吉郎の弟の治宇二郎のほうだった。この弟が早逝してしまったので、兄貴の宇吉郎が弟の代わりをしたのである。

その兄貴には弟にはない資質があった。実際的な面でよく気が利いたのだ。それが岡のようなソシオパスといってもよい人物の面倒を見るのに役立った。

岡はこの兄貴に大いに頼ったようだが、十分感謝しているようには見えない。少なくとも彼の書いたものの中に、宇吉郎への謝辞は見つからない。しかし、なにも言わないからといって感謝していなかったとも言えない。

それはともかく、宇吉郎も弟におとらず詩人であった。だから「雪は天からの手紙」という言葉が自然に出てきたのだ。

宇吉郎の師匠は物理学者の寺田寅彦である。その寅彦も詩人であった。寅彦の場合は俳諧連句の詩人、宇吉郎は俳句に興じる程度だった。

宇吉郎が自然から送られてくる手紙を読むことを生涯の仕事とした背景には寅彦があった。『雪』のなかに寅彦の文章を引用している箇所があるが、それを見れば彼が寅彦から何を受け継いだかがわかる。「小浅間」（一九三五）からの引用である。

いろいろな種類の噴出物がそれぞれにちがった経歴を秘めかくして静かに横たわっている。一つ一つが貴重なロゼッタストーンである。その表面と内部にはおそらく数百ページにも印刷し切れないだけの「記録」が包蔵されている。悲しいことにはわれわれはまだ、その聖文字（ヒエログリフ）を読みほごす知能が恵まれていない。

この文章が示すように、寅彦は火山の噴出物を地球史の記録と見ていた。その記録を解読する作業の必要性を説いているのだ。「手紙」というかわりに「ロゼッタ・ストーン」といい、「文字」

や「暗号」のかわりに「聖文字」と言っているのは火山の噴出物が石（ストーン）だからであろう。また、自然への敬虔な思いからでもある。

宇吉郎のいう「手紙」という語にはロゼッタ・ストーンより親愛の情、私的なつながりといったものが感じられる。このちがいは寅彦との世代の差から来るのか、あるいは個性のちがいなのか。寅彦には西洋風が残っているのに（西洋ではロゼッタ・ストーンを隠喩として用いることが多かったようだ）、宇吉郎にはそれがない。時代の推移を反映しているのかもしれない。宇吉郎は寅彦より二〇年以上若い。

さて、菅沼悠介である。現代の地質学者だ。「チバニアン」という地質年代を発見したグループの中心人物といえば、知っている人がいるかもしれない。その彼は地球史の情報を満載する岩石を「手紙」と呼んでいる。

菅沼と中谷宇吉郎は直接の関係はないだろう。それでも菅沼が「手紙」という表現を用いているのは偶然の一致だろうか。

そもそも、菅沼はなにを「手紙」と呼んでいるのか。たとえば彼は「宇宙線核種」のことを「手紙」と呼んでいる。宇宙線とは宇宙から降りてくる多量のエネルギーのことで、これが地球に直接降り注げば大変な天変地異が起こる。ところが、地球は自らが発する磁気によってそれを防ぎ、自らを守っている。

では、宇宙線核種とはなにかというと、宇宙線が大気と衝突してその原子核が破壊されてできた残骸を意味するという。この残骸を分析すれば地磁気に関してこれまで得られなかった情報が得られるというわけで、宇宙線核種はまさに「手紙」なのである。

もっとも、地質学の見地からすれば、すべての地層や岩石が「手紙」であろう。地質学に限らない、考古学や古生物学にしても、同様に「石の手紙」を読み解く学問である。化石とはかつて存在した生命が石になったもので、その意味で大昔の生物に関する情報を満載した手紙なのである。

考古学ということで思い出したが、中谷宇吉郎の弟の治宇二郎も考古学者だった。古い土器を集め、そこから日本という国家が出来上がる以前の列島を思い浮かべていたのである。治宇二郎にとっては、土器が「手紙」だった。


菅沼悠介に話を戻せば、彼の本『地磁気逆転とチバニアン』(二〇二〇)における「地磁気逆転」とはなにか。

地球には磁気があるというが、それは地球全体を大きな磁場が覆っているということで、すべての磁場同様にそこには北と南の二極がある。この二極は実際の北極と南極と必ずしも一致しているわけではないが、その磁極の逆転という異常事態が実は地球の歴史には何度も起こっているのである。

どうしてそれがわかるのかというと、溶岩中の磁気の痕跡からそれがわかるという。したがって、溶岩は地磁気逆転の歴史を伝える「手紙」なのである。

ところで、菅沼の本には、渡り鳥が飛行する方向を間違わないのは彼らが地磁気を身体で感じ取り、それをイメージ化しているからだということが書いてある。これを読むと、私たちの身体には地磁気を感知できる能力が、鳥ほどではないにしても残っているのではないかと思えてくる。同じ人類でも、「未開人」「原始人」と言われている人々は、そうした感覚を現代の文明人より保持していたにちがいない。彼らがある場所を聖なるものとし、その場所を大切に守ろうとした背景には、彼らに地磁気を感知する能力があったからではないか。

いわゆるパワー・スポットなるものも、そういう感知能力をもとにしているのであろう。地磁気を感じとるには身体自体に磁性がなくてはならず、その磁性は身体エネルギーが高まらないと生まれないにちがいない。

あの人にはカリスマ性があるなどという言い方があるが、そのカリスマ性も身体の磁性と関係があるにちがいない。

2　丸山茂徳

私が岩石や地球の歴史に興味を持つようになったきっかけは丸山茂徳監修による「地球そして生命の誕生と進化」（二〇二〇）というビデオである。このビデオをユーチューブで見て以来、自分の生きている世界が地熱の上にあると実感しはじめた。

このビデオは何度も見る価値がある。ひとつには画像が美しい。もうひとつには科学的な態度に貫かれている。他にも同様のテーマで作られたビデオはたくさんあるのだが、その大半は俗受けをねらった面白半分で、そういうものからはなにも学べない。

丸山監修のビデオは英語版と日本語版がある。私は英語版のナレーションが気に入っている。日本語版は日本人の若い女性が語り、英語版は北米の若い男性が語っている。後者の方が事の軽重をわきまえた語り方になっており、元のテキストは同じでも、メッセージ性が高く感じられる。

このビデオの終末部は地球の最期を語り、人類も他の生物も地球の死とともに死滅することを語る。これを英語で聴いていると、不思議にも仏教でいう無常が思われる。このビデオがキリスト教文化圏の人によって作られていたなら、もっと未来に希望を持たせる終わり方になっていたのではないか。日本製であればこそ、地球の終焉、人類の絶滅を淡々と語れているのである。偏見かもしれないが。

とはいえ、このビデオは悲観主義を喚起するものではない。科学的真実を語ろうという意図に貫かれており、安易な悲観も楽観も排除されているように見える。それだけに、最後の最後ですこしがっかりする。人類は死滅する前にその知能を生かして生命を創出できるようになり、その生命情報を地球外に発信し、それによって地球がなくなっても宇宙に生命が残るかも知れない、と述べているからである。気休めとして語られているとしか思えず、科学が想定する可能性の範囲内で語られているのかどうか、疑問に思った。

それでもこのビデオは素晴らしい。これを見たあるドイツ人がこう言った。

「全人類が見るべきですね。これを見れば今地球が存在し、自分がそこで生きているということをもっと大切に思えるでしょう。」

なるほど、教訓的な読みである。

私がこのビデオから学んだことの一つは、地球が電磁場を作り出し、それによって宇宙線や太陽風（太陽から噴き出される電気を帯びた粒子群）からなんとか地球を守っているということだ。そんなことを考えたことがなかったので、地球の存在が少しも安泰でないことに気づいた。

もうひとつこのビデオで重要だと思ったのは、地球と生命の関係である。なるほど、幾つもの偶然が重なった結果が生命の誕生だったにちがいないが、地球という天体が自転や公転だけでなくその内部で動いており、熱を持ち、対流を起こし、そこから電磁場が生まれ、それが大気や水との関係で複雑多岐な変化をつづけ、その結果として生命が生まれたということがわかったのである。

こうしたことは本を読んでも知ることができる。しかし、美しい画像と音楽とナレーションが調和したこの作品がもたらす感動は、書物から得られるものとは別物のように思われる。

3　宮沢賢治

宮沢賢治に「カーバイト倉庫」という詩がある。「カーバイト」はアセチレンのことで、アセチレン・ランプといえばかつては炭鉱などで用いられたものだ。坑内の引火性のガスと接触して爆発する危険があったので、やがて電灯に切り替わったという。現在ではカーバイトとは言わず、カーバイドと濁った発音になっている。
その詩は以下のように短い。

まちなみのなつかしい灯とおもつて
いそいでわたくしは雪と蛇紋岩（サーベンタイン）との
山峡をでてきましたのに
これはカーバイト倉庫の軒
すきとほつてつめたい電燈です
（薄明どきのみぞれにぬれたのだから
巻烟草に一本火をつけるがいい）

これらなつかしさの擦過は
寒さからだけ来たのでなく
またさびしいためからだけでもない　　　　（一九二二年一月）

寒さと寂しさのなかにじっと佇んでいるカーバイドの倉庫、そうとは知らずに山峡からやっと出てきた語り手は、なにやら明かりが見えたので「まちなみのなつかしい灯」だと思ったのだが当てが外れる。その灯は町はずれの寂しい倉庫の「すきとほつてつめたい電燈」だったのだ。これでは冷たすぎる。そこで「巻烟草」に火をつける。せめてもの慰めに。

「これらなつかしさの擦過」とは微妙な言い回しである。擦過とはかすり傷。なつかしさ、人恋しさとかすってしまったというのだ。しかも、その原因は寂しさや寒さだけではないという。本当の原因はなんなのかと問いたくなるが、その答えは秘められている。それだけに、一層寂しさと寒さが凍みる。

それにしても、蛇紋岩（サーベンタイン）。岩手県に多いと言われるこの岩石は、名前のごとく表面に蛇紋が見られる。詩の語り手は、そうした岩石に雪の残る山峡をやっと越えてきた。ちなみに、サーベンタインは正しくはサーペンタイン、サーペントは「蛇」を意味する。

詩の構造に着目すれば、「蛇紋岩」と「カーバイト」は対立する二項となっている。前者は自然の一部であって昔からあり、後者は人為の結果で、賢治が「冷たく暗い」と言った近代科学の産物である。「すきとほつてつめたい電燈」はそのようなカーバイドの倉庫の軒につってあり、「まちなみのなつかしい灯」と対立項をなしている。となると、「巻烟草」の火はこの両者の隔たりを縮めようとする媒介、ということになる。

賢治はそうしたことを意識してこの詩を書いたわけではあるまい。むしろ逆で、彼の無意識のレベルから湧き出たイメージをそのまま記述していると見るべきだ。彼が自身の書いた詩を「心象スケッチ」と呼んでいたこと、そのスケッチを将来の心理学研究のための資料と考えていたことを思い出したい。

賢治の詩は私たちに詩とは一体なんなのかを考えなおさせる。詩とは私たちが自身の無意識のレベルにまで掘り下げたときに初めて立ち現れてくるもの、と彼は捉えていたのだ。世にある多くの詩はそうした感じを与えない。意識の中で理解できるものがほとんどだ。そういう詩は言葉が無意識のレベルにまで触れていない。そのために、私たちの無意識を揺さぶることもない。

余談になるようだが、近代日本の散文家として無意識のレベルを描出するに至った人といえば志賀直哉であろう。賢治と直哉では対極をなし、詩と散文では異なるが、意識下に眠る言語を掘り当てた点で二人は一致する。

志賀は若い頃、日記に「自分は自分にあるものを生涯かかつて掘り出せばいゝのだ。自分にあるものをmineする。これである」（明治四五年三月七日付）と書いている。ここでいうmineは「掘り出す」という意味の語で、石炭の採掘などに用いられる動詞だ。志賀は鉱山ではなく、自身の深層を掘り当てようとした。

志賀の祖父は銅山の開発に関わっていたようだが、孫のほうはそのかわりに己れ自身を発掘しようと決心した。その決心が、己れの意識下で活発に動く無意識の探索とその言語化へと彼を導いたのである。この探索は地磁気の原理や地球の内部構造の探索に似て、地質学的なものといえるかも知れない。

4　地質学的知性

賢治の詩に「真空溶媒」と題し、ドイツ語でEine Phantasie im Morgen（朝の幻想）とサブタイトルのついたのがある。一九二二年の作だ。

「溶媒」とは何かを溶かすたとえば水のようなものを指すが、「真空溶媒」となると意味が分かりづらい。真空が溶媒の作用をするということなのか。すべてが真空に溶かされるとは、「色即是空／空即是色」のことなのか。

この詩の中に「おれなどは　石炭紀の鱗木のしたの　ただいっぴきの　蟻でしかない」という文句がある。「石炭紀」は地質学用語で、今から三億年以上前の地球を指すという。その時代の地層が現在まで残っており、シダなどの植物や昆虫、カエルのような両生類がいたと言われる。「鱗木《りんぼく》」はこの時代を代表するシダ類の植物で、この時代の生物がすべて化石でしか見つからないのはその古さからして当然なのである。賢治は、「自分はその鱗木の下にいる一匹の蟻に過ぎない」という。地質学的な視点から自己の存在の微小を示しているのだ。

彼の幻想は三億年前に飛んだのであろうか。この詩には「泥炭が　なにかぶつぶつ言ってゐる」という言葉が出て来る。「泥炭」はこの詩が生まれた二〇世紀に見つかるものであるが、それが三億年前の記憶を伝えていることを賢治は確信していたようだ。

読めば読むほど賢治の地質学的知性は半端でないとわかる。それはたとえば『春と修羅』（一九二四）の序の以下の言葉にも見つかる。

けれどもこれら新生代沖積世の
巨大に明るい時間の集積のなかで
正しくうつされた筈のこれらのことばが
わづかその一点にも均しい明暗のうちに
　（あるいは修羅の十億年）
すでにはやくもその組立や質を変じ
しかもわたくしも印刷者も

それを変らないとして感ずることは
傾向としてはあり得ます

「新生代沖積世」という地質学用語は今では「完新世」と呼び替えられており、私たちの生きる現代もそれに含まれる。賢治は彼なりの地質学によって、自らの存在する時間を「巨大に明るい時間の集積」のなかの「わずかその一点」ととらえたのである。
ここには、時は不可逆の流れをもってすべてを改変してしまうが、それでも人間はその改変を感じないし、認めもしない傾向があるという時間論も垣間見られる。私たちが永遠と感じるものも地球史のなかでは一瞬に過ぎないが、私たちはそれに気づきたがらないことを言っているのだ。

『春と修羅』は驚くべき考察の連続である。たとえば、

この不可思議な大きな心象宙宇のなかで
もしも正しいねがひに燃えて
じぶんとひとと万象といつしよに
至上福祉にいたらうとする
それをある宗教情操とするならば

そのねがひから砕けまたは疲れ
じぶんとそれからたつたもひとつのたましひと
完全そして永久にどこまでもいつしよに行かうとする
この変態を恋愛といふ
そしてどこまでもその方向では
決して求め得られないその恋愛の本質的な部分を
むりにもごまかし求め得ようとする
この傾向を性慾といふ
すべてこれら漸移のなかのさまざまな過程に従つて
さまざまな眼に見えまた見えない生物の種類がある
この命題は可逆的にもまた正しく
わたくしにはあんまり恐ろしいことだ
けれどもいくら恐ろしいといつても
それがほんたうならしかたない
さあはつきり眼をあいてたれにも見え
明確に物理学の法則にしたがふ
これら実在の現象のなかから

あたらしくまつすぐに起て　（「小岩井農場パート九」）

要するに、自己と他者と万象とがひとつになり、そのすべてが幸福であってほしいという願いが「宗教情操」であり、その願いが破れ心折れると、たった一人でいい、その人と一緒にいたいという願望にとって代わられ、それが「恋愛」と呼ばれるというのである。そしてさらに、その恋愛が成就しないとなると、それをごまかすべく「性欲」が現れるというわけだ。これは一つの理論であり、段階論的、さらにいうなら地層学的理論である。

一見してフロイトの理論と似ているが、フロイトのは性欲が基本で、それが昇華されて恋愛となり、さらにそれが昇華されると芸術になり、科学になり、あるいは宗教になるというものである。賢治の場合はベクトルが真逆で、フロイトは地から天へ、賢治の場合は天から地へ、否、宇宙から地へという方向になっている。構造は同じでも、層の上下が逆である。

すでに述べたように、宮沢賢治の場合、自己を無意識のレベルまで掘り下げることがその詩の源になっている。といっても、志賀直哉などとちがって、意識して掘り下げるというよりは無意識から浮かび上がってくるイメージをそのまま記録するという方法をとっている。その点では、無意識の研究者フロイトにより近いのかも知れない。

賢治と地質学の関係は緊密だが、フロイトの場合はどうだろう。フロイトこそは地質学的発想を人間精神の理解に応用して見事な成果を収めた最大例と言ってもよいのではないだろうか。というのも、彼のいう無意識・自我・超自我という三層構造はまさに地質学的で、私たちの意識を意識の表層下でうごめく無意識の欲動と、それを抑圧する社会との間で揺れ動くものとしてとらえているからだ。一見すると平坦に見える大地の下にうごめくマグマ。その動きを抑え込もうとする固い地殻。そうしたものを連想させる。

5　レヴィ＝ストロース

フロイトの発想を「地質学的」と明言したのは、おそらく人類学者のレヴィ＝ストロースが最初である。彼の『悲しき熱帯』(Tristes tropiques 1955) に以下の文言が見つかる。

初めてフロイトの理論を知った時すぐ思ったのは、彼が地質学では常識とされている方法をそのまま個人の心理に応用しているということだった。地質学も精神分析も、ともに一見するとつかみどころのない現象を前にして、複雑な事象を織りなす要素を徹底的に調べ上げ、それらを正確に測定する。そのとき用いられるのは繊細な感覚であって、すなわち感受性と勘と嗜好なのである。

つまり、フロイトの精神分析は人間の心理を地質学的に掘り下げることで成り立っているというのだ。

では、そういうレヴィ＝ストロースはというと、彼自身告白しているように、地質学との出会いが彼の知のあり方を決定した。

私の知的遍歴は、おそらく多くの同時代の人間と同じようなものではあるが、ある点では少し異なっていると言えるかも知れない。私には子供の頃から地質学への強い関心があって、そこが異なると思うのだ。（『悲しき熱帯』）

このような少年時代からの地質学への関心が、のちになって南フランスの高原で断層を見たときにかつてそこには異なる二つの時代の海があったことを悟らせるのである。

私の心にいつまでも残っている思い出の中でも、ラングドックの高地での体験は特にはっきり覚えている。二つの異なった時代に属する地層が接するその線を追い求めていた時のことだ。（…）全体としてはきわめて混沌とした光景で、それだけに私にはそれに与える意味を選択できる状況にあった。ここではこんな作物が植えられていたのだろうとか、こんな地変があったのだろうとか、有史以前の出来事や有史以降の出来事をいろいろ思い浮かべていたのだが、そこには絶対に確かなことがあって、それがほかのすべての光景を決定しているように思われた。層と層の切れ目の線が白っぽく、はっきりしないものであり、岩石のかけらもその形が見分けにくいものではあったが、それでも私が立っている乾燥しきった大地がかつては二つの異なった時代において海であったことを示していた。(同上)

この南仏の高原での地球の過去の発見は、のちの彼にとって非常に大きな意味を持った。同じ空間に二つの異なる時代の共存が認知され、その認知が彼を直線的な歴史観から解放し、異なった時を持つ社会が同じ空間に共存するという人類学的見地へと導いたのである。

地質学は地球と直結する。そこから歴史を反省することができる。これは大きな知である。

ところで、私にとってレヴィ＝ストロースは生涯の師である。といっても、講義を受けたとか、そういうことではない。パリで一度本人に会ったことがあるが、そのときは他にも人がおり、ゆっくり話すことはできなかった。覚えているのは彼と握手した時のその手が石のように冷たかったこと。それと彼が言った「日本文化は今のところは機能している」の「今のところ」という言葉。それだけである。

彼とめぐり合ったのは大学院生の時である。本でめぐり合ったのである。今から半世紀も前のこと、電車を待つホームで彼の『悲しき南回帰線』(室淳介訳、一九五七。一九六七年に川田順造が訳し直し、題名を『悲しき熱帯』とした）を読んでいて、あるページの前で釘づけになった。

釘づけになった箇所は、その文庫本がいま手元にないので原文からそれを特定するほかないが、およそ以下のくだりである。作者がブラジルからフランスに戻り、現地での人類学調査の成果を一般市民に公開するときのことを記述したくだりだ。


講演はいつも開始予定時間から十五分経過してようやく始まった。それまでの時間、階段状になっている座席をところどころ埋めるわずかな常連を除けば、人はほとんどいない。今日はどれくらい人が集まるだろうとやきもきしていると、それでもホールの半分くらいは、やがて母親か女中に同伴された子どもたちで埋まる。無料で気分転換ができ、あるいは外がうるさくて埃っぽいのにここは静かだという理由から、そこに来るのだった。

そういうわけで、（鮮明な画像がスクリーンに映し出されないために）虫の喰った亡霊たちと、ざわついた児童たちとが、遠隔の地での労苦と努力と細心の注意とに対する最高の報いとなった。その労苦の代償として得た宝物の荷を今これからほどくという恩恵。それらは思い出の宝物にはちがいなかったが、そういう形で世に晒されるのだから永遠に凍りついてしまう。それでも暗闇の中で話をしはじめると、石ころが井戸の底に落ちていくように、それらの思い出が一枚ずつ我が身から剥がれて、下へ下へと落ちていくのが感じられた。（括弧内は引用者による補足）

私を釘づけにしたのは、「石ころが井戸の底に落ちていくように、それらの思い出が一枚ずつ我が身から剥がれて、下へ下へと落ちていく」という箇所であった。これを読んで、私自身が密かに持っていたなにかが「石ころ」のように「下へ下へと落ちていく」ような気がした。この落体の向かう「井戸の底」はレヴィ＝ストロースのものでもあれば、私自身のものでもあるような気がした。不思議な闇の奥でなにかがつながったのだ。一体、なにがつながったのか、それはわからなかった。

いま読み返して思うのは、この文章を含んだ『悲しき熱帯』全巻がある種の悲しさに満ちていることだ。地政学的な意味でつねに犠牲にされてきた熱帯地方が悲しいというだけでなく、人類史そのものが悲しいのであり、それを感じとる作者自身も悲しいのである。そこには仏教でいう「慈悲」に通じるものがあるとも言えるし、見ずにおけばよかったものを見てしまった悲しみも感じられる。

だが、この悲しみには悲劇的なものが一切なく、ロマン主義に特有の自己陶酔もない。先に述べた丸山茂徳監修のビデオ「地球そして生命の誕生と進化」が喚起する感情に似た悲しみであり、根底にあるのは時の不可逆性の認識なのである。

時の不可逆性の認識は、レヴィ＝ストロースの感性と思考が本質的に地質学的で、決して上方を向くことがなく、つねに下へ下へと向かうものであったことと呼応する。地質学者が地球の古い時代に思いを馳せるように、彼は人類の古層に思いを馳せたのである。フロイトが個人レベルで行ったことを、社会集団レベルで行ったといってもよい。

南米はペルーの先住民の心的トラウマを研究したナタン・ワシュテルも人類の地質学をおこなった人である。レヴィ＝ストロースに教わった彼は、現存するペルー先住民、すなわちアンデスの民の祭祀にその方法を応用し、さらにはスペイン人に征服されたインカの知識人フェリペ・ワマン＝ポマ・デ・アヤラの書いた『新しき記録と良き統治』(El primer nueva corónica y buen gobierno) の文体分析に、恩師から受け継いだ地質学的思考を応用しているのだ（La vision des vaincus 1971、邦題『敗者の想像力』）。

フロイトにしろ、レヴィ＝ストロースにしろ、このワシュテルにしろ、ナチスの脅威を知るユダヤ人であったことを忘れてはなるまい。彼らの置かれた厳しい状況が、「征服された者」の精神的トラウマに対する感受性を育てたのであろう。

地質学的知性が石や地層を見てそれを地球内部からの手紙として受け取り、その隠された意味を読み解く知性のことだとはすでに述べた。フロイトなら夢の分析を通じて人間精神の奥底を解明しようとし、レヴィ＝ストロースなら神話や儀礼を分析して、人類の精神の古層を発掘しようとしたのである。一方のワシュテルは、レヴィ＝ストロースがあえて踏み込まなかった歴史資料の分析をすることで、特定の民族の精神的トラウマを明らかにしようとしたといえる。

日本なら丸山眞男が日本人の「歴史意識」を『古事記』に発掘しようとした試みがある（「歴史意識の古層」一九七二）。岸田秀が『ものぐさ精神分析』（一九七七）でおこなった近代日本精神史の分析もそうした類の地質学的探索といえるだろう。このような探索は、少なくとも私には意義深い。おそらく、そのように思っている人はかなりいるだろう。

今思い出したのだが、マルクスも地質学的な思考の持ち主だったとレヴィ＝ストロースは言っている。マルクスのどこが地質学的なのか。上部構造の下に下部構造があるというその理論、あるいは思考構造の下には生産活動の構造があるという発想そのものが地質学的なのだろうか。マルクスを私よりよく知っている人に考えてもらうことにしたい。

石に戻る

1　石を懐かしむ

メキシコにリカルド・モンテス＝デ・オカという詩人がいる。詩人として著名かどうかは別として、彼の「石のノスタルジア」（Añoranza de las piedras）は気に入っている。「大地はめぐりつづけ、雲の動きなど気にもせず」と始まって、「僕ら、みな石だらけの土となって、雨を待ちつづけ…」とつづく。

もっとも、この詩、前半はいいのに、後半で道に迷ってしまう。そこが残念なところだ。とはいえ、「石を懐かしむ」というタイトル、「僕らは石だらけの土だった」という発想は、なにか根源的なものを感じさせる。

人は死ねば土に還るというが、土になった私たちはやがて硬い石へと変貌する。私たちの生は石化し、地中に埋もれる。たとえ灰になっても、同じである。石を懐かしむ詩人には、「自分はかつて石だった」という記憶があるのだ。

人が石から生まれたという話は滅多に聞かない。朝鮮では卵から生まれた始祖神話があるが、卵は石ではない。

中国では孫悟空が石から生まれているが、所詮は猿である。人になり切れていない。悟空には凶暴なものがあり、その生涯はこの魔物との戦いであったといえる。石から生まれた運命が刻印されており、いくら三蔵法師の教えを聴いても、容易にそこから抜け出せない。仏教はこの猿を救いきれない。

この悟空、私たちそのものを表しているようにも見える。人類はその始まりから争いばかりで、暴力と傲慢から抜け出したことがない。

仏教者の宮沢賢治なら「化石が今なのだ、今という時は三億年前なのだ」と言うかもしれないが、法華経の時間思想はわかりにくいし、賢治の感覚もつかみどころがない。

私たちのまわりはただの石だらけの土。せいぜい山陵の小径に見られる地層、あるいは冷え切った溶岩の傍らを歩くだけだ。

「山川草木悉く仏性を有す」といわれ、仏になる性質は草木にもあるという。多くの日本人はこの感覚を共有するのだろうが、「山川」はもっぱら木々や土を濡らす水であって、石にはその水が滲み込まない。とどきにくい。となれば、石には仏性も縁なしということか。

しかし、そうであればこそ、「自分はかつて石だった」と感じるメキシコ詩人が心を打つ。賢治の化石についての感覚も同様だ。石はやはり生きている。


学生時代にノヴァーリスにいれ込んでいた仲間がいた。将来は伝道師になるのだと胸を張っていた。ある放課後、彼に「君、ノヴァーリスも読んだことないの?」とあきれ顔をされた記憶がある。あの彼、今頃、どうしているか。

秋田の雪深い山村で伝道師をしているという噂を聞いたことがある。そうなら、今でもあの頃のようにノヴァーリスを読んでいるだろうか。そうであってほしいものだ。

私が読んだ唯一のノヴァーリスは『ザイスの生徒たち』で、その伝道師志望の彼から薦められた。とくに面白いとは思わなかったが、最近になって石のことを考えるようになって、ふと思い出した。

再読してみると、はっとするような言葉が眼に飛び込んでくる。

「岩石は、ぼくが話しかけるとき、かけがえのない友となりはしないか。」

この風変わりな詩人は岩石に話しかけていたのだ。すると、向こうも答えてくれるのである。そういうわけで両者の対話が始まり、岩石はついに詩人の友となる。

しかし、ノヴァーリスにとって石は友人以上だったようだ。「石は至高のもの」という言葉を発しているからだ。奥村大介氏の解説によると、ノヴァーリスにとっての石とは「自然界の理念形」

であり、「そこから植物や動物、そして人間が定義される」のだそうだ（「石の夢、土の夢―鉱物をめぐる科学文化論（二）」）。

石を「自然界の理念形」としてしまうのはいかにもプラトン風で、あまりにも西洋的に見える。しかし、それを「至高のもの」とするところにキリスト教を逸脱したものがあり、西洋という枠にはまりきれなかった人だったように見えてくる。

ノヴァーリスは「人間は結局、大地が最後に生んだ地層にすぎない」と言ったという。前出の奥村氏はこれを、「人間は自然界にもっとも最後に現れた、いわば自然史の新参者であるという判断がここにある」と捉えている。「ノヴァーリスの鉱物論的世界観においては、いわば人間も一種の鉱物なのである」というのだ。

鉱物が全てで、人間も鉱物であるということの発想。宮沢賢治にもなかった。

十八世紀のドイツに彗星の如く現れて消えたノヴァーリスであるが、彼が単なる夢想家でなかったことは、鉱山学校で地質学や鉱物学をしっかり学んでいたことからもわかる。彼の世界は常人の理解を超えているが、異常なところは少しも感じられず、いつまでも不思議な光を放ちつづける石となっている。

2　自然哲学

ノヴァーリスはゲーテと同じく一八世紀ドイツの詩人で、そのゲーテとは詩人哲学者だったという点で共通する。彼らの哲学は自然哲学と呼ばれるもので、自然から全ての真理を学びとろうという姿勢がこの二人を貫く。ゲーテを読んでも、ノヴァーリスを読んでも、あのころのドイツはすごかったと感じる。

哲学史の教科書をひらくと、自然哲学といえばその筆頭は古代ギリシャのタ―レスで、「世界の根源は水である」という説を打ち出したと書いてある。ソクラテスが登場するまでは、彼のような自然哲学者がギリシャでは活躍したのだ。「自然とは何か」「この世界の根源は何か」。彼らはそうしたことを探求した。

同じ教科書には、ソクラテスが現れてこの方向を変えたとも書いてある。彼が人間という存在を哲学の中心に据えたからで、「徳とは何か」「考えるとはどういうことか」ということを問うようになったというのだ。自然哲学者たちはこうした問題を考えたことがなかったのだ。

ソクラテスの新たな方向がのちの哲学の進路を決定したとも書いてある。しかし、それで自然哲学が死に絶えたかというと、自然探究はその後もつづき、それが近代科学のもとになっている。科学とは、その本質において自然哲学である。このことはきわめて重要だ。

現代の科学者のどれだけが、このことを自覚しているだろうか。古典を読むぐらいなら最新の論文に目を通せということで、愚かにもパソコン上のデータばかりを弄《いじ》っているように見える。

これを、本書の主題である「石」という文脈に置き換えて言えば、自然哲学者は石を見つめ、そこから自然を思う。一方、現代の科学者は石など見ずに数式を並べ、数値の調整に齷齪《あくせく》しているのである。石は完全に見捨てられた。

ヨーロッパでは長いこと科学のことを「哲学」と呼んでいた。それは自然哲学の伝統があったからだ。科学をサイエンスと呼び、哲学すなわちフィロソフィーとは異なるものとしたのは、案外に最近のことだ。

十七世紀のガリレオは「科学とは自然という書物を読み解くことだ」という有名な言葉を遺したが、そのとき彼は科学のことを「フィロソフィー」(哲学)と呼んでいる。ニュートンにしても、その主著は『自然哲学の数学的原理』であって、「科学」というかわりに「自然哲学」という語を用いているのである。

自然哲学の「自然」であるが、古代ギリシャ語ではフィシスという。フィシスは英語のフィジクス(physics)の語源で、もともと「生み出す」という意味を持っている。ところが、近代においてはその原意が見失われ、「物質」を表す言葉となった。そして、その物質を研究する学問がフィジクス、すなわち物理学となったのである。

語源にこだわる哲学史家なら、「フィシスは生命現象と関係するのだから、物理学が物質だけを研究するのはおかしい」と文句をつけるだろう。その通りだが、科学者にはそんなことはどうでもよく、彼らは物質研究に明け暮れしている。

そういうわけで、近代科学の花形はもっぱら物理学であり、生命現象の研究はそれよりだいぶ遅れて始まった。

「生命現象は物理学を徹底させることで解明できる」と確信している科学者もかなりいるようだ。生化学者などがその最たるものなのかもしれない。

ところが、こうした考え方に抵抗し、物理学で生命現象を解明することなど不可能だと主張する輩もいるらしい。「全体はその構成要素に還元することはできない」という立場から、生命を分子や原子に還元することに反対なのである。この主張は私のような素人には納得がいくが、専門家にはどうなのだろう。

フィシスのラテン語訳であるナトゥーラ（natura）も「生み出す」という意味である。英語のネイチャーはそこから来ているのだが、そのネイチャーがフィジクス、すなわち物理学に収斂されてしまうのならば、生命は物質と同義になり、本当の意味の生命は失われてしまう。近代科学が物理学を中心に展開してきたこと自体、すでに問題ではないのか。

ギリシャの自然哲学者で、石について研究した人はいなかったのか。いた、アナクサゴラスである。

　彼と石の関わりは隕石にある。彼は隕石を調べることから始めて、宇宙秩序について考えた。隕石がどういうもので、それが落下すると地球はどうなるのか。そういうことまで考えた。今でいうと、天文学者と地質学者を兼ねた存在である。

　アナクサゴラスのすごいところは、太陽神話がまだ生きていたギリシャで、公然と「太陽は燃える石だ」と述べたことである。「星もまた然り」と言ったのだから、太陽は数ある石のひとつにすぎないと言ったようなものだ。そうした発言のために、彼は太陽神に対する不敬罪に問われた。ガリレオの先駆ともいうべく、自然の真理を追求すれば神話擁護の人々から敵視されるという第一号であった。

　それにしても、天体望遠鏡もなかったのに、いったいどうやって隕石を理解し、太陽は燃える石だと思いついたのか。「思いついたのではない、いろいろ調べた上での結論だ」と彼は言ったかもしれないが、彼の探求プロセスが解ったらどんなにいいだろう。それが解れば、私たちの知は大きく進歩するように思える。そういう研究はないのだろうか。

　この世界は広く、さまざまな人間がいる。だから、現代のアナクサゴラスもどこかにいて、彼がどのように科学を実践していたのかを示してくれそうな気もする。もっとも、そういう人の声を世間は聞こうとしない。とくに科学者たちは。

3　ハクスリー

オルダス・ハクスリーという、科学者になろうかなるまいかと迷った挙句に作家になったイギリス人がいる。その彼が一九二五年に発表した旅行記『路上にて』(Along the Road) で、こんなことを言っている。「たとえシェイクスピアになることができたとしても、僕はやっぱりファラデイでありたいと願うべきだろう」と。

「願うべきだろう」は微妙で、少しひねくれた言い方だが、『すばらしい新世界』(Brave New World 1932) を書いたこの大作家が、文学者であるよりは科学者でありたいと願うべきだとは一体どういうことか。

ハクスリーは「シェイクスピアよりファラデイを選ぶべき」と言いつつも、結局は文学の世界で勝負した。想像力が生き生きとしていて弾みがあり、自己分析が発想の飛躍を抑止してしまうほどでなかったのだから、やはり科学よりは文学に向いていたのだ。

科学者というものはつねに物事から距離を保ち、地に足をつけて進むタイプである。確実性に基礎を置き、想像力を信用しすぎないというのであれば、文学者にはなれない。直観で飛びつけるところはそれに任せるという態度は、詩人のものである。宮沢賢治が科学者でなく詩人であったとは、そういう意味だ。

ハクスリーの父は雑誌の編集者であり、作家でもあった。母親の方も文芸一家の出である。とはいえ、父方の祖父は著名な動物学者、兄弟は二人とも生物学者になっている。彼自身も初めは医学を志したが、眼病のせいでそれを諦めている。つまり、彼の世界は幼い頃から文学と科学の間で揺れており、先出の「シェイクスピアかファラデイか」という問いは、そういう環境から生まれたのである。

では、「シェイクスピアか、ファラデイか」という問いに対して、ハクスリーがあえてファラデイを選ぶべきと思ったのはどうしてか。おそらく、彼の中には二〇世紀の文明の中心は科学であるという確信があったからであり、科学を知らなくて文学はもはやできないとの思いがあったからだろう。

前出の『路上にて』には、以下の言葉も見つかる。

ユークリッドは絶対の真実である。神は数学者である。宇宙は物理学と力学で説明できる単純な世界である。すべての人間には理性が等しく与えられている。(…)こうした夢は確かに高貴であり、感動的でさえあるし、よい意味での陶酔ではある。しかし、私たちはもうその夢から覚めてしまったのだ。私たちが知ったのは、現実はもっと複雑で、私たちが発明したもの以外に合理的なものはどこにもないということだ。神はリーマンやユークリッドのように考えてはいないし、そもそも科学というものはなにも「解明」などしてくれていないのだ。

つまり、デカルトに出発した近代科学は素晴らしい夢であったかも知れないが、二〇世紀人はもうその夢から醒めてしまった、科学は全知全能ではなく、世界の真理を指し示すものではない、と言っているのである。ハクスリーは、「真理としての科学」という神話に幻滅していたのだ。

しかし、それでも彼は科学を愛しつづけた。文学を選んだにもかかわらず、いつまでも科学魂への夢が燃えつづけた。実際、ハクスリーほど科学を重視した作家はいない。彼が科学に限界を見たのは、それほどに科学に精通していたからで、認識の方法としての科学には、たえず信頼を寄せていた。

そのことを示す例として、彼は同時代の作家として高く評価していたD・H・ロレンスのことを、顕微鏡を使って物を見たことがないのは残念だと惜しんでいる。もっとも、これには反論が予想されるというのも、ロレンスはハクスリーが『路上にて』を書く前に、『虹』(Rainbow 1915) という小説において、顕微鏡を覗くことによって自然との一体感、生命との一体感を感じる人物を描いているからだ。

しかし、この反論が必ずしも十分と言えないというのも、ロレンスを激賞していたハクスリーが『虹』を読んでいなかったとは考えにくいからである。彼はそれを読んだ上で、直接にロレンスと話をしたりするうちに、この作家には科学的アプローチが不足していると感じたのだと思われる。

二人が親しい関係にあったことは、いくつかの事例が明らかにしている。ハクスリーはロレンスに詩人を認めても、科学者を認めなかった。

ハクスリーは科学を全面的に肯定していたわけではないし、その危険性を見ていなかったわけでもない。が、それでもなお自然に近づく方法として、科学を信頼できるものと見ていたのだ。この科学との微妙にして二律背反的な関係が、先の「シェイクスピアか、ファラデイか」という問いの背後に潜んでいる。

4 ファラデイ

ハクスリーがシェイクスピアの対抗馬としてファラデイをもってきたのは、なぜか。ファラデイが小学校しか行かなかったにもかかわらず、ついに電磁場の発見にまで至ったその独学の精神を評価したのだろうか。

否、ファラデイが本物の科学者だと思ったからである。ハクスリーは刻苦精励を称揚する「道学先生」ではない。以下の引用が示すように、彼にとってファラデイは「正真正銘の自然哲学者」だったのである。

ファラデイは人間の造った芸術品や建造物には興味がなく、もっぱら神が造った自然に興味があった。その興味は少年時代から晩年まで少しもぶれるところがなかった。(…)彼は正真正銘の自然哲学者だったのである。真理を見つけること以外に彼が興味を持ったことはない。しかも、その興味が他の方向へ向いたこともない。

(『路上にて』)

日本でもファラデイはよく知られた科学者である。『ロウソクの科学』(The Chemical History of a Candle 1861)の著者として知られているのである。独学で電磁場の発見にまで至ったその生涯は、イギリス版二宮尊徳として人気を得ている。

しかし、そういう「道徳的」な読みではなく、科学者魂の精髄をそこに読みとって、自分も科学者になろうと決心した人もいる。ノーベル化学賞受賞の吉野彰やノーベル生理学・医学賞受賞の大隅良典がその例である。ファラデイはいつの時代、どの国においても、科学者と科学を愛好する者たちの鑑なのであろう。

ところで、ファラデイは自分が発見した電磁場のメカニズムを数式化できなかったことでも知られている。彼にも数学的頭脳はあったのだろうが、それを表現する数学言語を持っていなかったのである。そこが大半の近代科学者とちがうところで、数学的なアプローチをしていないこと、数学を道具として駆使できなかったことが彼の科学を特徴づけている。

このことについて、ファラデイの発見した電磁場の概念を数式化したマックスウェルはこう言っている。「ファラデイの発想はまず全体を把握し、それを分析して細部に至るもので、数学に親しんでいる大抵の科学者とは正反対の順で考えている」と。

ファラデイはあくまでも私たちの身体感覚で把握できる具体的世界を相手にしたのであり、その意味において、彼の科学は万人の常識に通じるものをもつ。

もしかすると、そうしたことも含めてハクスリーはファラデイを評価したのかも知れない。なんといっても、ファラデイはマックスウェルのような「近代的」な科学者ではなく、まぎれもない自然哲学者だったのである。

私の通っていた小学校の理科の授業では、いつも先生がいろいろなものを教卓に並べ、今日は何が起こるのかと生徒の興味をそそったものだ。ファラデイの『ろうそくの科学』にもそういうところがあり、もしかすると、その理科の教師はファラデイを模していたのかも知れない。

『ろうそくの科学』でファラデイは次のようにいう。

ここに私はいくつかの木片をもってまいりましたが、これらはよく燃えることでとくに知られている木の枝です。ごらんください。

こうしてまず木片を聴衆に見せたあと、今度はろうそくを見せる。

ここにもっております三本のロウソクは、皆さんに『ひたしロウソク』とよばれているものであります。これの製法は、一定の長さに切った木綿糸を一つの環にぐるりとつるしまして、熱でとかした牛脂のなかに、これをひたしてはとりだしてひやし、ひたしてはとりだしてひやすという作業を……（翻訳は三石巌氏による）

実物を見せ、それを観察してもらったうえで、話を進めていく。これがファラデイであり、彼の身丈にあった科学の在り方だった。

ファラデイが石に興味をもっていたら、道端からいくつもの石を拾ってきて叩いたり、温めてみたり、いろいろしてみただろう。本書の流れで言うなら、彼は石につく人、石を離れない人、石を忘れて自然を語ることのない人だった。

5　自然哲学の終焉

地球という巨石の磁力はどこからくるのか。これがなければ地球が消滅してしまうほどに重要な、この磁気はどうして生まれるのか。その源をつきとめてダイナモ理論として発表したのが、20世紀では稀な自然哲学者ウォルター・エルサッサーである。

彼が自然哲学者だったというのは、彼自身「自分は自然哲学者でありたい」と言いつづけていたからだけではない。原子核研究によってノーベル賞寸前まで昇りつめた理論物理学者のキャリアを捨て、気象学に転身し、さらには地球科学に没入し、最後には生物学に身を捧げたからである。真の自然哲学者でなければ、この専門化・細分化の時代に、これほど専門分野を変え、原子から生物へと方向転換することはできなかったろう。

このエルサッサー、その自叙伝『原子の時代における一科学者の回想』（一九七八）の冒頭に、次のようなショッキングな言葉を遺している。

自分の時代、物理学者たちはまだ自然哲学者だったが、その探究はヒロシマのキノコ雲のなかに消えてしまった。

つまり、原子爆弾の開発が自然哲学を科学から追放してしまったというのである。言い換えれば、原爆以降の科学は哲学を失い、技術開発に成り下がったということだ。

このことは、原爆製造以降の科学者たちが、科学のあり方を少しも反省していなかったことを意味する。自然哲学など古代の話で、もっぱら金になる仕事にのみ集中するのがいいという時代になったのだ。そうなると、エルサッサーのような自然哲学者の居場所はなくなる。そして、これが私たちの時代なのである。

「そんなことはありません。科学者の中には今でも自然探求を続けている人もいますよ」と反論する人もいよう。しかし、真の自然探究者が大学や研究所でやっていけなくなっているという現実から目を背けてはなるまい。エルサッサーのいう「自然哲学はヒロシマのキノコ雲のなかに消えた」は今も真実でありつづける。新しい自然哲学は生まれていない。

こんなことを書いていたら、すでに故人となった小宮彰氏の言葉を思い出した。

「ノーベル賞も廃れたもんだ。カミオカンデのような金のかかる施設をつくって、それで超新星爆発を観測したからって、たいしたことじゃあない。なのに、あんな研究ともいえない研究で、ノーベル賞がもらえるなんて。」

なるほど、ヨーロッパでもCERNと呼ばれる高エネルギー加速器が存在し、それを設置するためにEUは巨額を投じたという。科学の世界は膨大な費用のかかるものとなり、金がなければ科学はできない時代になった。「理論物理学は好きだが、それでは食っていけない」と嘆く若き科学者も少なからずいると聞く。

ところで、あれだけの悲惨な結果をもたらした原子爆弾について、私が小学校で教わったことはただひとつ。「二度とあのようなことを繰り返してはいけない」という原水爆反対運動のスローガンである。人類史に二つとない原爆の悲劇を賜ったのに、もったいない話だ。

私の中では「原爆とその被害の意味がわからないかぎり、日本の前進はあり得ない」という思いが頭をもたげている。その思いは長崎の原爆資料館に行って以来、ますますはっきりしてきた。

資料館には何度か行ったことがあるが、最初に行った時に心に残ったのは、おおかたの展示を見終わって出口に差し掛かろうとするその廊下の壁に貼られていた、原爆投下当日の朝日新聞の記事である。そこには確か見出しに、「新型爆弾、長崎に投下。被害僅少」とあった。

私には「被害僅少」がショックだった。そして、そうとしか書けなかった当時のマスメディアの置かれた状況が悲しかった。日本はそこまでひどかったのか。ある意味、原爆を落とされても仕方がない状態だったのではないか、とさえ不謹慎だが思われた。

次に思ったのが、原子爆弾なるものを発明した人々のことだった。私はナチスを支えたドイツ人の多くが真面目で誠実な人々だったと思っている。真面目で誠実だったからこそ、精神が狂ってしまえば抑えが効かなくなるのだ。一方の核物理学者たちは、これまた誠実で真面目な人々ではなかったか。

彼らの多くはユダヤ人で、ナチスが原子爆弾の製造計画を持っていると知った以上、なんとかしてそれより早く原爆を作り上げたかったのだ。だが、その結果はどうだったか。一瞬にして八万人以上の一般市民を犠牲にしたその恐ろしさは言語を絶している。東京国際裁判のインド人判事パールが言ったように、「非戦闘員の生命財産の侵害が戦争犯罪となるならば、日本への原爆投下を決定した者こそを裁くべき」だったのだ。

だが、そういう方向に向かわず、戦勝国はドイツと日本の戦争科学の成果を保存し、それを後の戦争のために役立てようとした。人類とは性懲りのない、矯正不能ともいうべき動物であるにちがいない。

広島・長崎のショックは科学者や政治家には伝わらずとも、科学の命運を前々から憂えていた人々には「世界の終末」と見えたようだ。中には絶望から自殺した人まであると聞く。

自殺までいかなくとも、たとえば当時はまだ物理学徒であったフランスの哲学者ミッシェル・セールは、あるインタビューで次のように言っている。「自分の将来はヒロシマとともに変わってしまった。もはや物理学も数学も信ずるに足らずとの決意から、科学そのものを歴史的・文化的産物として調べるようになった」と。

先に、エルサッサーが「自然哲学の終焉」を宣言したことについて述べたが、私流にいえば、石を離れてしまった優秀な頭脳の末路は哲学の放棄だったということだ。科学が石を離れて暴走するとどうなるか。その実例を以下に示そう。

6 オッペンハイマー

原爆製造に携わった人物として、マンハッタン計画の中心人物、ロバート・オッペンハイマーに焦点を当てたい。彼だけが悪の張本人ではないが、アメリカ生まれのユダヤ人で、ヨーロッパからナチスを逃れてやってきた多くのユダヤ人科学者を暖かく迎え入れ、彼らに職場を見つけることまでしているこの面倒見のよい人間が、一体どうして原爆製造に関わったのか。

彼はドイツ留学をしていたので、すでに勢力を増大しつつあったナチスの恐ろしさを肌で感じていたのかもしれない。そのナチスが同胞ユダヤ人たちを絶滅させようと声高に叫んでいるのを見聞きする機会もあったかもしれない。だが、彼と親しくしていたドイツの科学者も数多くいたはずで、彼がドイツ人に偏見あるいは憎悪を抱いていたとは思われない。

育ちのよい金持ちのお坊ちゃんであった彼は、単に数学や物理学に秀いでていただけでなく文学にも関心があり、T・S・エリオットの詩が好きだったという。サンスクリット語まで勉強し、『バガバット・ギータ』を朗詠できるほどになったというから、彼の古代インド思想への傾斜は半端なかった。

もっとも、そのインド思想への崇拝に近い感情は、たとえそれが彼の信じ難いほど純粋な魂の証であったにしても、ある種の精神の空洞を示していたことも事実である。先述のエルサッサーは大学時代にドイツで彼と知り合ったのだが、彼のインド思想崇拝について、以下のような解釈をしている。すなわち、「ユダヤの伝統から断絶してしまった人間が、アメリカのような文化的土台のない土地に生まれ育てば、何にでも飛びついておかしくない。オッペンハイマーも例外ではなかった」と。

「何にでも」とあるが、欧米の知的人種が非西洋思想や宗教を求めるとなると、インドに行き着くのが道理であろう。インドの宗教は宗教でありつつ哲学であるからだ。のちの時代の欧米知識人はインドに懲りて、今度は中国や日本の禅を求めるようになったが、これはひとえに鈴木大拙の禅の英語紹介が功を奏したからで、彼らはある意味オッペンハイマーの後継者である。

つまり、精神的空洞からなんでもかんでもむさぼる。私にすれば、そこに伝統を失った精神の貧困が見える。

問題は、どうしてオッペンハイマーのような優秀な頭脳が、人類史に大きな汚点を残すことになる原爆開発に取り組まねばならなかったのかである。同じことは、ドイツで原爆製造に携わって成功しなかったハイゼンベルクについてもいえる。

ハイゼンベルクは、本人さえ望めばドイツを去ってアメリカで活躍もできた科学者だが、生粋のドイツ人であったためか、ドイツに留まることを選び、おそらくしぶしぶであったと思うのだが、ヒトラーの命に従って原爆開発に乗り出した。

「しぶしぶ」だったというのは、彼の原爆製造があまりにも遅々として進まなかったからである。それに、彼の恩師ともいうべきデンマーク人ニルス・ボーアに、事もあろうにこの計画を漏らしている。ボーアの母親はユダヤ人。しかも、デンマークはドイツのすぐ北隣である。そのボーアがアメリカに渡り、アインシュタインらにドイツに秘密計画があることを漏らしたのだ。

ところで、「オッペンハイマーのような優秀な頭脳」と先に述べたが、その優秀さとはどういう性質のものだったろう。学校で成績が良いというのなら、科学者の場合、数学が飛び抜けてよくできるということだ。微積分や行列式、要するに計算能力に長けているということである。

この種の能力は具体的な事物を離れた頭の体操であるから、それ自体が科学の本質からそれる。より正確には、自然哲学からそれる。そのことが科学の退廃を示していると、たとえば同時代の哲学者シモーヌ・ヴェイユなら言ったであろう（拙著『科学と詩の架橋』参照）。

ファラデイのように具体的な事物を出発点とする代わりに、数式を操ることで世界理解を深めたと思い込んでしまう知性。すなわち、石につかず、石を離れて空転する知能。これはどう見ても、浅はかにして危険である。

オッペンハイマーには悪いが、彼にはその種の浅はかさがあった。たとえば、彼はドイツ留学時代にシャルロット・リーフェンシュタールという女性物理学者に持っていたスーツケースを褒められたという。すると、すぐにもそれを彼女に献上しようとしたのである。彼女の気を引こうとしたのか、何が動機でそうしたのかはわからないが、彼女は「理由もないのに受け取れない」とすぐ断ったそうだ。

彼と親しかったエルサッサーは、オッペンハイマーには「自分は特別だ、神に選ばれた人間だ、人々には優しくしなくてはいけないのだ」といった妙なコンプレックスがあったとも言っている。それ自体を悪いこととは言っていないが、そこにある種のナイーヴさを見てとったことは確かである。

オッペンハイマーの浅はかさを端的に示す例はほかにもある。彼はアメリカではニューメキシコに牧場を持っており、そこでは「西部の男」になり切っていた。メキシコの地酒を好み、フォードだかシボレーだか、ともかく豪華な車を乗り回し、この車になんとインドのヴィシュヌ神の乗り物の名をつけていたという。そうしたところに、彼の能天気さが見える。インド思想の叡智のかけらもない。

以上、オッペンハイマーの浅知恵を並べたが、別に彼が憎いわけではない。頭脳優秀な大馬鹿者であったことは間違いないが、その浅知恵が恐ろしい結果を生んでしまったことが恐ろしいのである。

ファラデイのような、具体的なものから離れず科学する精神は、人々の日常をよく知り、原子爆弾など考えつきもしなかったろう。オッペンハイマーのような超秀才となると、具体性を欠いた精神的空洞の中で、頭一つで恐ろしい結果を生み出すのである。

このような人物が自分の足もとの石ころを見つめ、地球の運命を考えることなどあり得ない。石を見ても、それを石とは感じなかったろう。石からすべてを学ぼうとしたノヴァーリスとはもちろん、ファラデイとも、また彼と一時は親しかったエルサッサーとも正反対なのだ。

オッペンハイマーの空っぽの頭脳は数式で満たされないときは、サンスクリット語の魔界の侵入を受けていた。何度も彼を愚か者だと言ってきたが、その愚かさには悲惨さが伴っている。

7 模倣

「石」に「見」をつけると「硯《すずり》」という字になる。習字の先生はよくこのことを口にし、墨を摺るときはしっかり硯を見ろと言う。最近では墨汁を使うようになっているので、そんなことも言わないだろう。

それにしても、「碩」はよくできた字で、音読みは「セキ」、意味は「大いに優れている」である。碩学という言葉は時々目にするが、それは「学識が広く、かつまた深い」という意味で、単なる物知りの「博学」より一段レベルが上なのだ。

ということは、学問を広くかつ深く究めるには、石をよく見なくてはならないということだ。だが、そのことに気づくには、ずいぶんと時間がかかる。

ところで、「学ぶ」とは「まねぶ」である。模倣することである。この考えは漢字文化圏では浸透している。たとえば、私の知るある中国人留学生。彼女にレポートを書かせると、提出されたレポートは丸山眞男の丸写しであった。それで、「これは君のじゃない。丸山眞男のだろ？」と責めると、「先生、出された課題に私のような無学な人間が答えることなど出来ません。ですから、この課題に取り組んだ偉大な丸山先生の文章を拝借したのです」とおじずに答える。これには一理あるようにも思えたが、「そういう時は、これは丸山眞男からの引用ですと書くべきで、そこに自分の名前を載せては嘘になる」と諭した。果たして、了解してくれたかどうか。

模倣は大事である。習字は手本を見て、それを真似することで進歩する。バルセロナでピカソ美術館に行った時も同じことを感じた。ピカソは少年の頃、名画という名画を模写しており、そのテクニックはすごい。洋の東西を問わず、模倣は大事なのだ。

「芸術は自然を模倣する」と明言したのはアリストテレスで、これを超える言葉を見つけることは難しい。オスカー・ワイルドはその向こうを張って、「自然は芸術を模倣する」と胸を張ったが、本気でそう考えていたのだろうか。どうもハッタリ臭い。でないとすれば、彼は大馬鹿者である。

人間は自然の一部であって、自然の創造者ではない。なのに、自分を神の位置に立たせて芸術を自然の上に冠するとは。先に言及したノヴァーリスと比べてみよ。人間を鉱物と見たノヴァーリスこそは、自然と芸術の関係をよく見た人といえる。

ところで、自然を模倣するのは芸術だけではない。科学もそうである、とこれも先述のエルサッサーは言っている。オランダで物理学者ローレンツの講義を聞いて、そのことを深く理解したというのである。

そのエルサッサーは、ローレンツをオランダ絵画の頂点というべきレンブラントに比している。レンブラントが事物の輪郭を明確な線で描かずに、光のグラデーションで描いているところが、ローレンツの物質の記述の仕方とそっくりだというのだ。ということは、エルサッサーにおいて芸術と科学は等価だったのであり、芸術が自然を模倣するのなら、科学が同じことをして当然だったのである。

ところで、模倣するのは模倣する対象に価値があると思うからで、それに対する敬意がなければならない。同じ模倣でも、敬意を欠いた模倣はほんとうの模倣ではない。科学者や芸術家が自然を模倣するとは、彼らが自然に対して敬意を抱くからである。そこのところを見落とすと、きわめて危険なことになる。

その危険な模倣の例が原爆である。少し粗略になるが、その仕組みを説明してみたい。

一九三八年、原子核が分裂すると多大な熱エネルギーが放出されることがドイツで発見された。すると、すぐにもこの現象を人為的に引き起こそうという動きが生まれた。一九世紀以来、科学は技術と密接になり、なにか発見されると、すぐにそれを利用した技術革新がなされるようになっていたのだ。

そういうわけで、核分裂が発見されるとただちにこれを用いて多大な熱エネルギーを発生させる装置を考案しようという考えが生まれ、時代の要請から、このエネルギー生産装置を爆弾にしようという考えが生まれた。こうして、原子爆弾が考えられるようになったのである。

このことを「自然の模倣」という考えに結びつけて言えば、原爆とは核分裂という自然現象の模倣ということになる。これ自体は、したがって、科学の正道に沿ったもののようにも見える。しかし、この模倣には自然への敬意がまったくない。なぜなら、それは人類の一部の人の利益を引き出すものにすぎず、自然へのなんの還元も考えられていないからだ。

原爆のようなとてつもない爆弾をつくるには、巨大な予算と広大な実験施設が必要である。アメリカにはその余裕があり、それが先に述べたオッペンハイマーらのマンハッタン計画と呼ばれるものとなった。なぜこれが問題かというと、核分裂という自然現象を人為的につくり出そうとしたことよりも、それを戦争目的に利用しようと思ったことが問題なのである。

自然現象の人為による再生は古来人類がしてきたことで、それ自体問題なかろうという議論がある。なるほど人類は自然を模倣し、科学はその模倣から成り立っているのだから、一応理があるかに見える。しかし、先の議論でも述べたように、同じ模倣でも敬意を欠いた模倣はほんとうの模倣ではない。自然の模倣を自己の利益のために用いるのであれば、そのとき自然に対する敬意はなくなるのだ。

核分裂のつぎには核融合が発見された。原子核同士がぶつかり合って融合すると、とてつもない放射性のエネルギーが噴出するのだ。太陽の発する巨大な光熱は、核融合のなせるわざである。これを模倣したのが原子力発電で、そこから生ずる電気は電力会社が私たちに供給しているのではなく、自然が私たちに恵んでいると理解すべきである。

同じ自然が福島の原発のように発電所を破壊してしまえば、私たちはそこから甚大な害を被る。自然への敬意を欠いた自然利用は、恐ろしい結果をもたらす。

プロメテウスといえば、古代ギリシャの神話で天界から火を盗んで人類に文明を与えた英雄となっている。原子核物理学者はいわば現代版のプロメテウスであろう。

だが、プロメテウスが英雄であるというのは人間の側から見てのことで、天界から見ればただの盗人であろう。科学者が現代のプロメテウスであるなら、自然ドロボウということになる。

自然への敬意といえば、アイヌ少女・知里幸恵が見事な日本語に訳してくれた『アイヌ神謡集』(一九二三)こそ、それを端的に示す。

「銀の滴降る降るまわりに、金の滴
降る降るまわりに」という歌を私は歌いながら
流に沿って下り、人間の村の上を

通りながら下を眺めると
昔の貧乏人が今お金持になっていて、昔のお金持が
今の貧乏人になっている様です（『アイヌ神謡集』一九二三）

この美しい出だしは人類文学の宝石である。

この神謡は、鳥を矢で射ようとする子供が鳥に対して傲慢であれば、その矢をかわし、謙虚であれば、その矢に当たってあげることを語る。これは、自然の側から人間を見ての発想である。そういう眼差しが、アイヌには備わっていた。

それに比べると、文明というものはその語に反して野蛮である。その野蛮さは、スタンリー・キューブリックの映画「２００１年宇宙の旅」の冒頭の数分間に見事に形象化されている。どこから現れたのかはわからない巨大な一枚岩モノリスが猿人たちの運命を変え、それまでは無秩序だった彼らが知恵をつけ、武器を使って仲間を撲殺するようになり、そこから上下秩序が作られていくのである。

といっても、詳しい描写の代わりに全てが象徴的で、なんとも言えないリアルさが伝わってくるところが妙である。

そもそも、モノリスとはなにか。とても人間の業とは思えない精巧な出来の、すべすべした表面の直方体の一枚岩である。すなわちこれは岩石なのであるが、誰かによって加工されたもので、そ

こに天からのメッセージが含まれている形になっている。

猿人たちもこれに対して畏敬の念を感じているようであるが、そこから宗教が生まれたにしても、彼らは同類たちに苛酷で、道徳や倫理のかけらもない。これが人類の始原なのか、と思わず身震いする。

モノリスがモーゼの十戒をモデルにしているという説があるかもしれない。しかし、そうと思えないというのも、モーゼの十戒は天啓が二枚の石板に刻印されているのに、モノリスの方は巨大な一枚の岩で、人はこれを見上げるしかないのだ。十戒よりは、独裁国家のイデオロギーを象徴しているように見える。

モノリスの天辺に太陽が差し掛かると、猿人たちは「これはもう神様と呼ぶほかない」と仰ぎ見る。そうすると知能が開花し、悪事をはたらき始めるのだ。

なんとも奇妙である。崇高な教えを受けたのであれば行いが良くなるはずなのに、その逆である。知能とは犯罪を導くものであり、人類を不幸にするだけのもののように思えてくる。

人類の始まりがこうだとすると、破滅は目に見えている。これはキュブリックの発案なのか、共同脚本制作者のアーサー・クラークの発案なのか。いずれにしても孫悟空と一緒で、知恵を得ても、傲慢さと乱暴さを捨てきれないのが人類だということになる。

キュブリックは悲観論者なのだということで片付けたくない。むしろ、現実主義者といったほうがよいだろう。彼の示した現実を前にして、私たちにできることは何だろうと考えてしまう。

習字の先生なら、「想像の世界に身をひたすかわりに、眼前の硯と向き合いなさい」と言うだろう。ノヴァーリスなら、石を見つめ、石から学べと言うにちがいない。やはり、石に戻る以外、道はない。石ころに救われなくては、人類は救われない。しかし、その石はそびえ立つモノリスであってはならない。

エピローグ

石を巡り、石について考えてきた。そのきっかけとなったのは、本書の版元である石風社の社名である。石と風、一体、どこからこの名辞が出てきたのか？

そのことを社主の福元満治氏に尋ねたことがある。「石」の方は、そこに面白い話があって、酒でも飲まなければ語れないとのこと。一方の「風」はというと、これも素面では語れないという。氏の廉恥を知る心は尊重したいが、あえてその石と風の由来に触れたい。

まず石であるが、氏によれば福岡市の南区に大きな家があり、その庭は石だらけだったという。石庭とかいった情緒のあるものではなく、巨大な石が積み重ねられて庭を埋め尽くし、それがどんどん家屋のある敷地を占領しはじめたのだそうだ。家の主人がどこかから運んできた石にはちがいないのだが、主人に言わせれば、「自分ではなく、石の方がそうさせたのだ」という。そういうわけで一族が集まり、家屋を取り壊そうか、どうしようかということになったのだそうだ。

福元氏はこの世にも不思議な家族会議に立ち会い、面食らったどころか、石の力に圧倒されたという。明らかに、その家の本当の主人は石だったのである。「石の家」とは、石でできた家ということではなく、石が乗っ取った家ということなのだ。

この話は前々から考えてきた私の考えを燃え上がらせた。石の力を本気で考えるようになったのだ。その結果が本書であるのだから、石のものすごい力が一冊を書き上げさせたことになる。

石といえば、私がかつて勤めていた福岡大学に杦山《すぎやま》哲男という石の大家がいる。その先生から「石は偉大なテキストである」と聞いてはいたのだが、ものぐさな私は先生の地質調査について行ったこともなく、「石を見てそれをありのままに記述せよ」という学生向けの課題に答えたこともない。自分にとって手っ取り早い方法は「本を読む」ことなので、それで「石を読む」代わりとした。

何事もそうだが、基礎が大事である。その基礎を、私は石について培っていない。

そういう私は、芭蕉の「閑かさや岩にしみ入る蟬の声」には感動する。岩と石は古語では区別がつきにくく、芭蕉がこの句を作ったとき同行していた曾良の日記には、「山寺や石にしみつく蟬の声」とあり、そこでは岩が石になっているのだ。古語の石は「いし」とも読めるが、「いは」とも読める。

曾良の日記では「しみつく」となっており、「しみ入る」に比べて迫力に欠ける。「しみつく」だと石の表面にしか蟬の声が作用していないように見え、「しみ入る」のほうが深みと緊張感が感じられるのだ。その深みは「しみ入る」ことから来るのであり、石の硬さに抗して「しみ入る」のだから緊張度が増す。

だが、実際、虫の声にそれほどの浸透力はあるだろうか。芭蕉の主観においてはあったのだろうが、物理的にはどうだろう。

従来の科学なら、そこまでの浸透力はないと言い切ったであろう。しかし、量子力学の発達した現在、蝉の声の力が見直される可能性はあるのではないか。

石が蝉の声を体内にしみ込ませ、それを記憶の貯蔵庫に保存している可能性もある。初めは表面にしか浸透しなかった音声も、それが莫大な数の虫の音声ともなれば、少しずつ深く浸透する。そして、それが何年もつづけば、石の方でもその浸透を許す構造変化を起こし、かくして芭蕉の聞いた「しみ入る」が現実となることも考えられる。

「そんなふうに、わざわざ科学で芭蕉を正当化する必要などどこにあるのか。」そのように目くじらを立てる人もあろう。しかし、すぐれた詩人は優れた科学者でもあると認めることのどこが悪いであろう。少しは、私の立場もわかって欲しいと思う。

私は科学を崇拝しているわけでも、科学主義に加担しているわけでもない。科学が究極の真実を伝えるものだとは思わないし、そこに不備があることも知っている。しかし、科学は非常に謙虚な態度で真実を解明しようとする人間精神の営みのひとつであり、これを知っておくことは現代人として重要なことだと思う。そう思わないでいつまでも科学を遠ざけておけば、それが文学とならんで人間の身体と脳が生み出しているものだということが見えてこなくなる。

石風社の「風」の由来についても述べておきたい。これも福元氏のヒソヒソ話の要約である。氏曰く、「風についてはオーストラリアのアボリジニーの死生観に由来するものです。」その死生観は例の「石の家」を紹介してくれた知人の大学教師が教えてくれたもので、それによれば、草原（砂漠）の狩猟採集民であるアボリジニーの考えでは、「もっともいい死に方は、狩猟をつづけ、草原をさまよいながら餓死することで、そうすれば風になれる」という。石風社の「風」は、そこから来ているというのである。

ずいぶんと爽やかな話だが、この爽やかさも風ゆえだろう。この話からすると、アボリジニーは風を至高のものとしていたことになり、風の透明で、動きが完全に自由であるところがそう思わせるのだろう。風には形も色もない。石には形も色もある。この違いは極大に近い。

ボブ・ディランは「風に吹かれて」（Blowing in the wind）」と歌い、「風」にすべてを託したが、宜《むべ》なるかな。人類がいつ戦争を止めるのかなどというご立派な問いを立てても、その答えは「風」にしかわからないと彼は口ずさみ、おのれの詩心を風にまかせた。彼の思った風は、おそらく彼が好きな少年詩人ランボーの髪の毛を揺さぶったあの風だ。

アボリジニーの「もっともいい死に方は、狩猟をつづけ、草原をさまよいながら餓死すること」という考え方にもはっとさせられる。芭蕉の辞世の句「旅に病んで夢は枯野をかけめぐる」にどこか通じるものがあるからだ。芭蕉自身、詩というものの狩りをつづけ、草原をさまよって死を迎えたのである。

彼は自らを「風羅坊」と呼んでもいる。「風羅」とは風衣のことだそうだが、よく意味がわからない。ともかく風と旅は絡んでおり、それが芭蕉という人の本体だったように思える。風に誘われ、風に吹かれて旅する。

アボリジニーといえば、私にはやはりレヴィ＝ストロースである。彼の『野生の思考』には「アボリジニーは唯名論者だ」と述べている箇所があって印象に残っている。

アボリジニーの複雑な婚姻システムを数学を使って明らかにしたのも彼である。その際、彼はシモーヌ・ヴェイユの兄である数学者アンドレ・ヴェイユの助けを借りたというのだが、彼がそこで発見した最大のことは、人類には共通の親族構造があるということ以上に、アボリジニーがそれと知らずに高度な数学者だったということである。彼にとって、数学とは数学者や科学者の専有物ではなく、また学校で習う学科のひとつでもなく、人類が生まれつき持つ知能の一形態だったのだ。

レヴィ＝ストロースはアボリジニーの数学や哲学には言及しているものの、その魂とか精霊とかには言及していない。そのような言葉は全てをごまかす力があると見ていたからだろう。言葉の魔術を誰よりも警戒した彼は、終始理知的であろうとしたのだが、そういう彼もまたユダヤ人であり、ユダヤの伝統において「風」が霊魂と結びついていたことを知っていたはずだ。

ただし、宗教よりはスピノザ風の哲学を好んだ彼は、非常に逆説的な形でしか聖なるものを守ろうとしない。この逆説を読み取ることが、彼に限らず「非ユダヤ的なユダヤ人」を理解する鍵であるように思われる。

話がだいぶ逸れてしまったが、要するに石と風のその半分だけ扱ったのが本書である。残りの半分はいつか別の機会にと言いたいところだが、風は石とちがって掴みどころがなく、これを論じることは無理だと思う。ノヴァーリスは「石は至高者だ」と言ったが、風はそれ以上だ。そんなものに、私の手がとどくはずはない。

あとがき

本書は『科学と詩の架橋』についで石風社から出ることになった。社主の福元満治さんに感謝したい。内容を見ればわかるとおり、他の出版社でこのような本を出すことは考えられない。装幀も前著と同じく毛利一枝さんに頼んだ。引き受けてくれて「有り難う」の一言である。

前著は学究的な性格の本だったので、今度は好き勝手に書こうと思った。ずいぶん勝手なことを言っていると思う読者もいるだろう。

そんな勝手な本でも、世に出れば救いの手を差し伸べてくれる人もいるだろう。言いたいことを言葉にして整理し、それを世に残すことには価値がある。

前半は私の個人的体験の吐露。後半は学者先生たちの文章のつぎはぎにコメントを加えた。要は、どこまで深められるかだ。

福岡に焙煎屋というコーヒー豆のおいしい店がある。その主人は昨日よりも美味しい味をと毎日切磋している。私はそういう人を尊敬する。少しでも深い味を出したい、と自分でも思っているからだ。

コーヒー豆と同じで、甘さを求めてはいけない。しかし、ただ苦ければよいというのでもない。苦い中にかすかな甘み。これが出せれば申し分ない。

二〇二三年夏の終わり
九州は唐津にて
大嶋　仁

参考文献一覧

以下の参考文献は本書に登場した順である。但し、同一著者のものは同一箇所にまとめた。また、外国語文献の場合は、原典をまず掲げ、そのあと読者の便宜のために翻訳版を括弧付きで記した。但し、翻訳版のみ記したものもある。

松本俊夫「実験映像集 詩としての映像 石の詩」https://www.youtube.com/watch?v=Fu3GKXT8q3Q

Mario Vargas Llosa: Ciudad y los Perros, lulu.com, 2011（マリオ・ヴァルガス＝リョーサ『都会と犬ども』杉山晃訳、新潮社二〇一〇）

芥川龍之介「今昔物語鑑賞」『芥川龍之介全集・一四』岩波書店一九九六

坂口安吾「文学のふるさと」『坂口安吾全集・三』筑摩書房一九九九

花方寿行『我らが大地——19世紀イスパノアメリカ文学におけるナショナル・アイデンティティのシンボルとしての自然描写』晃洋書房二〇一八

大嶋仁『比較文学論考』花書院二〇一一、『表層意識の都』作品社一九九五、『科学と詩の架橋』石風社二〇二二

Antoine de Saint-Exupéry: Vol de nuit, Independently published, 2020（アントワーヌ・ド・サン＝テグジュペリ『夜間飛行』堀口大學訳、新潮社一九五六）

José María Arguedas: Los rios profundos, LENGUA VIVA: 001edition, 2023（ホセ＝マリア・アルゲーダス『深い川』杉山晃訳、現代企画室一九九三）
小林秀雄「蘇我馬子の墓」『小林秀雄全集・九』新潮社二〇〇一
Rosalía de Castro: Cantares gallegos, Edición billingue, Austral, 2018（ロサリア・デ・カストロ『ガリシアの歌』桑原真夫訳、行路社二〇〇九）
丸山薫『丸山薫詩集（現代詩文庫）』思潮社一九八九
夏目漱石「永日小品」『文鳥・夢十夜・永日小品』角川書店一九九一
稲富孝一「稲富博士のスコッチノート第１０７章 ピットロッホリー散歩（３）漱石の秋と蒸溜所」https://www.ballantines.ne.jp/scotchnote/107/index.html
Kenneth White: La route bleue, Grasset, 1983; Les cygnes sauvages, Grasset, 1990 ; Panorama géopoétique, Revue des Ressources, 2014 ; En toute candeur, Mercure de France, 1964
宮沢賢治「農民芸術概論綱要」『宮沢賢治全集・十二』筑摩書房一九五七、「カーバイト倉庫」「真空溶媒」「小岩井農場パート九」『宮沢賢治全集・二』筑摩書房一九五六
James Joyce: Ulysses, Wordsworth Editions Ltd, 2010（ジェイムズ・ジョイス『ユリシーズ』丸谷才一ほか訳、集英社二〇一一）
東靖晋『最後の漂海民《西海の家船と海女》』弦書房二〇一八
山本常朝『新校訂葉隠　全訳注』講談社二〇一七

聖徳太子「十七条憲法」『日本書紀・下』中央公論新社二〇二〇
Roget Caillois: Pierres, Gallimard, 1966
安谷白雲『正法眼蔵参究　山水経・有時』春秋社一九九九
寺田寅彦「小浅間」「春六題」青空文庫ＰＯＤ二〇一二
松岡正剛「ロジェ・カイヨワ『斜線』」『千夜千冊８９９夜』https://1000ya.isis.ne.jp/0899.html
中谷宇吉郎「雪」『中谷宇吉郎集・二』岩波書店二〇〇〇
菅沼悠介『地磁気逆転とチバニアン』講談社二〇二〇
丸山茂徳「地球そして生命の誕生と進化」（The Whole History of the Earth and Life）https://www.youtube.com/watch?v=SkeNMoDlHUU&list=PLERGeJGfknBTbJFT3YT5MJfg0ZemBwqA9&index=2
志賀直哉「日記」『志賀直哉全集・一〇』岩波書店一九七三
ジークムント・フロイト『自我論集』竹田青嗣訳、筑摩書房一九九六
Claude Lévi-Strauss: Tristes Tropiques; Plon, 1976（クロード・レヴィ＝ストロース『悲しき熱帯』川田順造訳、中央公論新社二〇〇一）
ナタン・ワシュテル『敗者の想像力　インディオのみた新世界征服』小池佑二訳、岩波書店一九八四
Ricardo Montes de Oca: Añoranza de las piedras, https://www.sabersinfin.com/poemas/ poemas-de-lo-cotidiano/22177-anoranza-de-las-piedras-poema-de-ricardo-montes-de-oca
ノヴァーリス「ザイスの生徒たち」『夜の讃歌・サイスの弟子たち』今泉文子訳、岩波書店二〇一五

奥村大介「石の夢、土の夢　鉱物をめぐる科学文化論（2）」『国際経営論集』二〇二〇年三月
Walter Elsasser: Memoires of a Scientist in the Atomic Age, Watson Pub Intl, 1978
内山勝利『ソクラテス以前哲学者断片集』岩波書店二〇〇八
Aldous Huxley: Along the Road, Notes and Essays of a Tourist, Independently published, 2021
D・H・ロレンス『虹』中野好夫訳、新潮社一九五七
マイケル・ファラデイ『ロウソクの科学』三石巌訳、角川書店一九六二
J.C. Maxwell: A Treatise on Electricity and Magnetism. Clarendon Press, 1873
中里成章『パル判事　インドナショナリズムと東京裁判』岩波書店二〇一一
Michel Serres: «Pensar és inventar», https://www.youtube.com/watch?v =bROzxAP5SjQ&t =11s
知里幸恵『アイヌ神謡集』岩波書店一九七八

大嶋　仁（おおしま　ひとし）

1948年鎌倉市生まれ。1975年東京大学文学部倫理学科卒、在学中にフランス政府給費留学生としてフランスに２年滞在。1980年同大学院比較文学比較文化博士課程単位取得満期退学。静岡大学講師、バルセロナ、リマ、ブエノスアイレス、パリで教えた後、1995年福岡大学人文学部教授。2016年退職、名誉教授。佐賀県唐津市で「からつ塾」の運営にも当たる。著書は『精神分析の都』（作品社）『福沢諭吉のすゝめ』（新潮選書）『ユダヤ人の思考法』（ちくま新書）『正宗白鳥　何云つてやがるんだ』（ミネルヴァ書房）『メタファー思考は科学の母』（弦書房）『科学と詩の架橋』（石風社）『生きた言語とは何か《思考停止への警鐘》』（弦書房）など。

石を巡り、石を考える

二〇二三年十二月十日初版第一刷発行

著　者　大　嶋　　仁

発行者　福　元　満　治

発行所　石　風　社

福岡市中央区渡辺通二―三―二十四
電　話　〇九二（七一四）四八三八
FAX　〇九二（七二五）三四四〇
https://sekifusha.com/

印刷製本　シナノパブリッシングプレス

ISBN978-4-88344-323-9　C0095